宁波市文联文艺创作重点项目

U0749987

小高层村庄

吴鲁言 著

浙江工商大学出版社 杭州
ZHEJIANG GONGSHANG UNIVERSITY PRESS

拆迁前(吴柯 摄)

化耕后(戴致远 摄)

自　序

　　这里,是一个有着近千年历史的古老村庄,村虽小,却有过辉煌和灿烂的昨天。曾经,这里出过举人,官至四品,名扬四海;曾经,这里有过武状元,飞檐走壁,身轻如燕,名闻四方;曾经,这里有过儒商,留有学堂,造福乡里。那些破败的老厢房可以为证,那个红色梅园石铺就的河埠头可以为证,那座古老的大石坟地基可以为证。

　　小说里的村庄——尚河村,即使它的历史再悠久,今天,都逃不了被整体拆迁的命运。它将丝毫不留。

　　十余年来,很多村庄在一夜之间被夷为平地,小星城却遍地开花。村庄的迅速消失,给农村带来了系列巨变,许多农民的物质生活水平一下子提高了,甚至个个成为百万富翁,却不知道如何使用这些突如其来的巨款。面对财富,精神世界依然迷茫的农民像无头的苍蝇四处飞舞,有的堕落了,有的提升了。因为方向的不同,各走各的,越走越远……

　　而一些被征的土地尚未被开发,杂草丛生。于是,原先的主人便偷偷地再去种植。

　　然而,土地消失得更快。

　　于是,退耕有奖。未拆的仅有的几个村庄就承担了如此重要的历史使命——化村为耕! 我们周边的几个村庄就是这样被拆的，变回良田，然后在良田边再造几幢小高楼，将村民安置于此。本书所记载的 8 个村——尚河村、东周村、南严村、西邵村、北径村、陈池村、沈家村、小吴村，都是集中在尚河村的旧址上造起来的小高层，共 8 幢，每幢 18 层楼，4 个单元，共 1152 户人家，围成一个小区，华丽丽地命名为尚都首府。

我是原住民，又是个文字爱好者，我看到了我成长的见证就此消失，因而感到不知所措，想把它留住，却又无能为力。于是，我唯一能做的，便是用我那粗浅的文字，记录那些我和我的村民所经历的村庄，村庄中的一人一事、一草一物。

谨以此本乡村速写小集献给我的父老乡亲，也算是对祖辈的一点心意了。

吴鲁言

2018年3月12日

目

录

感冒   1

晒太阳的男人   5

钉子户终结者   8

照镜子   11

药渣倒哪儿才好   15

偶遇   18

红烧青鲇鱼   26

一枚方戒   29

再见,孩子   33

发小何南   36

阿娘的红包   40

阿根叔与阿根婶   45

没事的吴大爷   48

时尚女人   53

颤抖的手   56

乘车   59

妈妈养的   63

阿志的房子   67

天经地义　　　　　　　　　　70

干妈　　　　　　　　　　　　74

蚂蚁　　　　　　　　　　　　77

"公子哥儿"阿瑜　　　　　　　81

阁楼上的男孩　　　　　　　　84

谁叫你说的真话　　　　　　　87

贫困户阿蔡　　　　　　　　　91

儿子的军功章　　　　　　　　95

红事白事　　　　　　　　　　99

嫁女　　　　　　　　　　　　103

赠衣　　　　　　　　　　　　107

师生恋　　　　　　　　　　　111

老流氓　　　　　　　　　　　114

初恋　　　　　　　　　　　　117

被淹没的岁月　　　　　　　　121

练功券　　　　　　　　　　　124

晚间的营养餐　　　　　　　　128

成长　　　　　　　　　　　　131

你是我的骄傲　　　　　　　　134

赤脚医生　　　　　　　　　　137

信任　　　　　　　　　　　　140

状元生　　　　　　　　　　　144

黄行长　　　　　　　　　　　147

作诗的女孩　　　　　　　　　151

跳动的心　　　　　　　　　　155

借道　　　　　　　　　　　　158

张家每日三部曲　　　　　　　162

干粉蔡大婶　　　　　　　　　175

无脚活生　　　　　　　　　　191

黄小鸭之死　　　　　　　　　195

喝醉酒的女人　　　　　　　　199

欣儿其人　　　　　　　　　　202

角色　　　　　　　　　　　　205

小区门口的那条狗　　　　　　211

一张八仙桌的前世与今生　　　216

古树下的日子　　　　　　　　219

村口的那条路　　　　　　　　223

后记　我的祖先·我的村庄　　228

感　冒

　　尚都首府里依然张灯结彩,国庆的浓郁气氛还在空中荡漾,象征着团团圆圆的中秋节紧跟着赶来了。第一幢1602室主人老邵的心开始热起来,像小伙子一样有些激动。

　　原来他要在中秋之日去省城会妻子,当然还要看看孙子,看看儿子和儿媳妇。

　　老邵是西邵村的原住民,拆迁时分到了三套房子,其中两套直接出售,给儿子在省城买了新房。去年元旦,在那场大雪中儿子的婚礼如期举行,是尚都首府第一场盛大而隆重的婚礼。小区的左邻右舍都来观看了,场面甚是热闹,许多老人发出"啧啧啧"的赞叹声。老邵向小区挨家挨户分发了小包装的喜糖。人人都夸邵家的儿媳妇漂亮、大方,老邵的心里乐开了花。

　　婚礼过后,正是老伴退休时间。老伴五十岁准时从镇上的邮政局退休。用现代语言来说,五十岁的女人仍像花一样,还未真正进入老年行列。老邵是镇里一名科级干部,已进入二线岗位,不再担任科长实职,工作轻松。本想,夫妻俩可经常外出旅游了。谁知,不久省城传来喜讯,儿媳妇怀上了。小夫妻俩都不会做饭,天天叫外卖。老伴怕儿媳妇吃太多地沟油伤害了未来的孙子,急急地进城当煮饭婆去了。旅游的事便搁浅了,这对三十年的老夫妻被活生生地分隔两地了。

如今,孙子都十个月大了,可老伴还没回来过一次,只有老邵进省城去看他们的份。老邵每次去都从镇上买上最新鲜的鱼肉和土特产。就像古时臣民上京进贡似的,他老邵是向儿子一家三口交贡奉呢。这次,老邵打算带上战友老林送的两盒流沙月饼。月饼是老林女儿亲手做的,还在网上开了店,专做各类精美手工糕点,生意火爆。老林看女儿这么忙,想去帮忙,却被女儿婉拒了,说小两口自己能行,老爸想送人尽管开口提。于是,老林向女儿要了十盒月饼,分送五位老战友。老林送来的时候一个劲地嘱咐:"老邵,这月饼可是咱闺女亲手制作的,工序复杂,材料讲究,质量过硬,千万不要送人,自己吃,知道吗?"老邵被老林的话感动了,紧紧回握他的手,承诺:"自己吃,一定自己吃! 我们全家人在中秋节那天吃!"老林这才舒展开那弯弯的八字眉,笑了。

之前,老邵每月进省城一次,都是开车去的。可半年前,老邵得了一次重感冒后,身体状况直线下降,省城来回开车五百公里,从来没觉得这么累,过了好几天才缓过来。这不,已经四个月没去儿子家了。

想到这里,老邵给老伴拨了个电话,在第一个嘟声还未响完之前电话就被接起:"喂,什么时候来啊?"真神了,难道老伴是千里眼,看到他在打电话? 老邵在这边嘿嘿地笑了几声,回答:"明天下午提前点过来。""你请个假吧,中饭之前赶到这儿,我给你做好吃的。"老伴的声音依然像小姑娘一样轻快,声调也是活泼的。在老邵的眼里,老伴永远是那个最美丽的姑娘,还如当年他追她时那样年轻、有情趣。老伴是盼着他在小两口回家前抵达。

第二天中饭时间,老邵准时抵达了儿子家,却敲不开门。老伴故意与他躲迷藏吗? 怎么也没听到孙子的声音,按理这个小屁孩不会如此安静的。等了半天没回应,他只能掏出钥匙打开了门。嘿,里面静悄悄的,没人。老邵放下大包小包,正拿出手机,却听到外面有人进来了。一看是老伴抱着孙子,后面还跟着儿子和儿媳妇。刚要张口,他们仨一致向他做了一个"嘘"的动作,禁止他发声。原来,这几天孙子感冒了,昨晚又一夜没睡,一直在吵闹,刚刚才睡着。看着一脸疲惫的老伴,老邵想上去接过孙子来抱,可老伴摇摇头自己把孩子抱进了房间,孙子的小床一直放奶奶那间房里。

老伴进去了,儿媳妇依然是全身新装一尘不染的样子,往自己大卧房走去,儿子上来轻声地叫了一声:"爸"。老邵斜眼瞅他一眼,正想骂时,里屋的孙子醒了,哭。

老邵急着跑进去,问:"怎么了,怎么哭了?"老伴把孙子重新从小床上抱起来,说:"孩子这次感冒鼻涕特别多,躺下了估计又是鼻涕让他呼吸不畅,他难受,就醒了。昨晚就这样了,我都不敢睡,一直在帮他擦鼻涕。"这时,老邵才看到孙子的两个小鼻孔四周都发红了,心疼。儿媳妇也闻声进来了:"妈,你不要用湿巾擦了,你看那小鼻子都成什么样了?"儿子也跟了进来,反问:"那用干的东西擦,鼻子就不会红了?"说着,儿子从母亲那儿抱过孩子了:"妈,您休息一会儿,我来抱,孩子仰头抱不难受,就不哭了。"可孙子在亲爹的怀里哭得越发厉害了,看来这个年轻的爹不太像爹,老伴还是抢了回去。老邵看到这儿,当机立断:"这孩子的鼻涕得吸,吸出来就行了。""吸,怎么吸?"儿媳妇第一个问。"用你的嘴,去吸孩子的鼻孔啊!"儿媳妇马上露出一副厌恶的姿态,拧着鼻子转过了头,似乎这孩子不是她亲生的。儿子也听得木木的,只有老伴用期待的目光看着老邵。老邵轻轻地抱住孙子的小脸,柔柔地把孙子的鼻涕给吸了出来。

那一晚,老邵什么也没干,就在那儿替孙子吸鼻涕,听说孙子一晚没哭,还被爷爷逗得咯咯笑。

　　可老邵回来后又感冒了。

晒太阳的男人

　　晒太阳的男人是不是也感冒了,春光如此明媚,也不见他出来。

　　他叫什么名字,大家都不知道,因为他是外来户。听说,那房子是他妻子的亲戚拆迁分到的,卖给了他这个行动不便的人。亲戚是西邵村的邵天,1602室老邵的本家,堂堂兄。很多村民都在这里分得了两三套房,出租或出售都是正常的。

　　尚都首府的村民都叫他这个外来户为"晒太阳的男人"。

　　瞧,他又坐在自家1001室屋前"晒太阳"了。他家是整个小区最外面的第一幢楼,与老邵同单元。1001室,朝南,并朝着小区正大门,也朝着大马路。只要有人从小区门口或者从马路边上经过,都能看到这个"晒太阳的男人"。下雨天,他也会"晒"着,只是仅仅坐在一楼的屋檐下。像今天这样阳光充沛的日子,他总是努力把轮椅往外挪一点再挪一点,有时会挪到小区外的马路边。已开春了,他穿的仍是长袖、加厚的淡灰色且略带紫色的条纹睡衣,上下整套的。头上戴一顶鸭舌帽,帽子虽已发白发旧,依稀显出它红色的底子。脚上是一双半旧的米黄色板鞋。手上依然拿几张报纸,有时会是一本翻旧了的杂志。看累了,他会打个盹儿或抬头看一会儿前面的车水马龙。但只要有人经过,他就迅速低下头,那鸭舌帽是最好的掩护。虽然小区里的村民"认识"这个"晒太阳的男人",但很少有人真正看到过他的脸。当然,指的是他最近两年的脸。

两年来,他的脸已肿胖,色发黑,就如他的身材已颓唐走样,了无生趣,早已不是以前的帅哥。偶尔,他会听到妻子在家里唠叨"怎么越变越邋遢了,脚不能动,手总能动吧?把脸洗干净就那么难?"是的,他心里清楚自己是越来越邋遢了,哪怕单位领导上门来慰问,他也不想干干净净的。相反,三十五岁的妻子反倒比他出事前更显漂亮,更有韵味了。

那晚,当妻子第 N 次唠叨时,他一把摔掉了轮椅边上所有的茶杯和茶壶。然后,挪到屋外的黑暗中"晒太阳"。其实,这是一种姿态。严格意义上讲,这是他们结婚十二年来第一次正面吵架。十岁的儿子跑出来,抱着爸爸,求他回屋去,可他无动于衷。屋里只剩默默收拾碎片的声音。儿子求着:"爸爸,妈妈已经够苦了,你们都已经够苦了,为什么还要吵架呢?快进屋吧,妈妈都在哭了。"

是啊,这个家够苦的了。五年前,他是省级建筑公司的项目经理,每年收入少则二十万,多则五十万,无论是自己老家还是岳父母家都依靠着他这棵大树。结婚七年,他为两方父母盖了新房,使小山村里的家家户户都羡慕得眼红。尤其是岳母,每次都用山村里最高规格的糖氽蛋慰问他这个好女婿。可谁能想到,一切的安详与宁静在儿子五岁那年被打破。他在工地检查时从五楼的脚手架上摔下来,半死不活,下身瘫痪。妻子本是护士,她把儿子丢给了父母,请了长假,陪他吃住在医院,整整三年悉心照料,进行康复训练,又偷偷地自学心理学,对他进行心理辅助治疗。借用医生的话,他能恢复到现在的状态已是奇迹。

虽然,白天他"晒太阳"很爽,但到了晚上,却整夜失眠。妻子通过五年的学习，已获得国家二级心理师资格，单位为她开设了一个"心灵坊"，每周半天时间对外接受公益性门诊咨询，"心灵坊"成为她们单位的亮点工程。业余时间她还经常被社区或有关单位请去做讲座。每次出门，妻子总是打扮得漂漂亮亮的，回来时也差不多是红光满面。按理说，他应该开心。可是，每晚妻子睡的是另一条被子，她一个心理学专家，难道不知道与一个常年有病的丈夫分开睡是什么样的打击？他，终究还是男人。

妻子每天不到十二点钟是不睡的。儿子入睡后，她就独自进书房关上门。有几次他想去推门，但忍住了。也曾劝她早点睡，她总说要学习。是啊，她现在是家里的顶梁柱。虽然，他的医药费能报销大部分，一年到头单位领导也会来慰问几次，但对于一个长期病患家庭，还有一个正在长身体和学习的孩子，开支可想而知，她真的不易。

听了儿子的话，他进屋了。

那晚，妻子照旧关起书房的门进行学习。他挣扎着起床，想跟妻子说声"对不起"，可半天无法下床，就轻声地叫："周莹，周莹。"妻子没回答。

他挣扎得汗流浃背，总算把整个身体挪到了书房门口。可门打不开，关实了，他伸手又拉了把手，妻子正背对着他看一个视频。

从此，小区里再也没看到那个"晒太阳的男人"。有人说他失踪了，有人说他回老家了，有人说他只是不出来"晒"而已。

钉子户终结者

当清晨的第一缕曙光升起时,首先晒到的就是村口的阿龙家。

阿龙曾以此为傲,每天在生产队出工前都要向村民们宣布一下他那被第一缕曙光照耀时的特别感受。

如今,村庄没了,只剩下他的矮平房还孤零零地立在村口,连儿子周小龙也在几年前搬入了尚都首府。那十层楼的阳光据说比东周村的第一缕曙光更令人着迷。阿龙的儿媳妇如是说。

阿龙待在矮平房里想,谁叫那些干部不满足他的要求呢?那些曾经和他一起当过钉子户的村民,个个都没骨气,被一点小恩小惠给收买了。

别人被村干部收买阿龙不生气,可现在八十岁的老母亲也被村干部收买了,这令阿龙心里很不爽。

早上,母亲说村里通知劳动节开会,老人拄着拐杖出门了。阿龙喊:"娘,我今天还要进海鲜,你得帮我看家门哪,海鲜到了得马上放冰柜,等一会还有顾客来提货呢。"土地被征后,阿龙无事可做,在十余公里外的海鲜市场给人帮忙,经常拿回些海鲜供给镇上的小餐馆或山里的农家乐。

母亲头也不回:"我去开会,八点半前要到的。"

阿龙:"你急着走,还不是为了那十元钱的交通补助,我给你便是。"

母亲回头了："你的钱,我不要,给一百,也不要。"

阿龙:"呵,为什么?难道我的钱不是钱,难道你儿子的钱是偷来抢来的?"

母亲依然没停下来的意思,八十岁老人的声音依然响亮:"你不是与村里有仇吗?仇人给的钱我当然要替你去拿来。"

阿龙哭笑不得:"啊哎,我的老娘啊,这十元钱能抵得上我几大筐的海鲜吗?这十元钱能抵得了这么大的仇恨吗?要不是他们当年不肯多赔我十万,我也早像周小龙一样住到高层洋房里了。"

母亲回骂:"呸,还不是你自己造的孽,害得一个老太婆也跟着你受罪。你看看,现在田都被征了,家门口就是大马路。每天晚上大卡车一辆接一辆开过,我老太婆睡得安稳吗?每晚好像在地震中度过。"

阿龙不响了,母亲说的是实话,他何尝不知道呢。看着移挪着脚步远去的老母亲,又抬头看看矮平房墙上的火红大字。那是前几次他上访未果,彻夜失眠后,专门请人把墙涂白了,再用红色的漆写上去的。今天怎么觉得好像有点不符合潮流,他的内心发出某种极度渴望的隆隆声。

当年,他穷,才坚持做钉子户,真的只是想多拿几万元。那时村干部、镇干部轮番上门来劝,都不曾劝动他。谁知,人家比他狠,生生地把那条大马路拐了个弯,留下他独门独户在马路边成"孤鸟",成为周边邻里们的笑话。这份仇他铭记于心。几年来,阿龙不断地上访,可都被镇上的干部拉回来,他们有时候请他抽包烟,有时请他吃个快餐,有时来慰问一下老母亲,算是对一位上访户的安慰。董老支书遇到他,曾笑他终于成功地从钉子户转换为上访户了。

　　东周村早已消失了,已别无他房可拆,还哪来的钉子户?瞧,村民们全部集中到旷野上去了,旷野中升起的那个尚都首府小高层里,住的都是阿龙的左邻右舍。

照镜子

周大鹏就是阿龙的左邻,原先两家是紧挨着的。

大鹏是我们八个村里官做得最大的主儿。当年小区落成时,有人请了个台湾风水先生来看过,据说第一幢风水特好,而这第一幢中又数十层楼 1004 风水最好。于是这套房就分给了周大鹏,周局长。

我在想,那个风水先生是不是周大鹏局长亲自请来的?怎么就没算出他两年后有牢狱之灾呢?村民们说,那是因为周局长没听风水先生的,让房子一直空置着。房子是用来住人的,怎能随便空着呢,空着意味着让谁住?大家唏嘘着没说出口。又听说周局长有 N 套房子空着,在市中心、在大上海,甚至在香港,都有,都空着。这么说,他出事是因为这些空着的房子?当然是,当然也不是!

反正,这些都是往事了。如今的周局长已不再是当年的周局长了,也没人再叫他局长了,我们还是叫他老周吧,看看老周眼下的日子。

每天打扫完监狱里所有的厕所,老周总是照照镜子,如他以前在家照镜子时一样,只是比以往任何时候照得更认真、更仔细。照完了就坐在那儿发呆,觉得这种反思比里面的任何学习更有意义,更让他头脑清醒。这也是老周一天中最美好、最宁静的时候。

镜子里的老周,已完全是个白发苍苍的老头子。估计没人相信他只有五十五岁,六十五岁都不嫌多。去年此时,他每天出门前照镜子是为了出席各种会议,为了应酬各级领导,还有约会各种女人。那时,头发里偶尔有根白发,他都会立即叫人拔掉。后来发现不止一根,于是,去了理发店把它们全部染黑。外人看来,五十多岁的周局长,仅四十岁而已。当然,除了完美的发型,加上他那考究的衣着服饰,更有那高昂的气度,这一切,成就了他的年轻态。

人人都夸周局长年轻有为,精力旺盛,完全可以再高升,听得他全身心里里外外都舒坦,所以,每天镜子照得更勤了。可谁知,才一年多,他变得那么老了,老得像他的老母亲。

每天照镜子时,老周第一个想到的便是八十岁的老母亲。刚出事那会儿,全家上下都瞒着老人。可他进来半年后,老母亲用绝食的方式逼迫家人告诉她真相。他怎么也忘不了老人家进来探望时的情形。母亲虽高龄,可二十多年来,他一直用虫草、铁皮石斛等高级营养品滋养着母亲,母亲的脸自然比普通农村老太太的显得年轻、饱满。那天,母亲是由妻子和儿子搀扶着进来的,那红润的脸早已被阴沉的悲伤盖得灰蒙蒙;花白的头发也没有了原先的整齐;最重要的是一直昂首挺胸的母亲整个背弯了下去,似乎身上有千斤重担压着。他不由自主地跪了下来。

母亲用颤抖的声音说:"儿啊,你今天蹲在这里,娘有责任啊,娘对不起你,也对不起你死去的爹。"说着,娘已泪流满面,继续说:"其实,娘早就预感你要出事。原来啊,你的那些部下,三天两头给我这个老太婆送营养品。可这半年来,没人了。以前,当地政府逢年过节也会来慰问,可今年,什么响声都没了。你娘年纪大了,可脑子没问题。邻居也不再问我关于你的事了,看见我也不热情了,这太不正常了。儿啊,娘对不住你,不应该收你部下送来的那些东西啊。"

娘离开时,千叮咛万嘱咐:"大鹏啊,一定要听组织的话,听党的话,好好改造。"妻子回过头又补上一句:"要争取减刑,早点出去,娘等着你送终呢。"

每每想起妻子的那句话,老周的心无比惭愧。

照镜子时,他想起刚结婚那会儿,妻子年轻娇美,天天拉着他一起照镜子。其实,是为了让他看她性感的红颜。婚后的他,一路飙升,差不多每两年升一级,从一名普通科员到副科长、科长、副处长、处长、副局长,终于升到了文城市建交局局长——多少人羡慕的职位。每天来来往往,碰到形形色色的人,多数人见他都是卑躬屈膝的。唯有妻子不这样,于是,他对妻子产生了各种各样的不满,矛盾升级。眼里的家已不是原先那个温馨的港湾,酒店和宾馆成了他的钟爱之地。他的笑脸也只呈现给那些有求于他、奉承于他、献媚于他的女人。妻子只是那张具有法律意义纸头上的一个符号而已。开庭那天,现场座无虚席,基本都是亲友,虽然他没细数,其实,他根本不想去数,心里希望他们一个也别来。当法官当庭宣判他因贪污罪被判刑八年时,只有坐在第一排的妻子哭了,边哭边喊:"老周啊,老周,你为什么要这样做啊?"妻妹坐在边上尽力地安慰着她,儿子坐在妻子身边默默地看着他,如同陌生人。妻子第一次来探监时,他把两张白纸交给了她,上面盖着他的手指印,表示任由妻子处置他这个有罪的丈夫。但妻子什么也没说,直接把那两张盖了手指印的纸撕得粉碎。

后来,他才知道,即将结婚的儿子,因为他犯罪,女方毅然提出了退婚。怪不得，进来一年多，从不见亲家公和儿媳妇来探望。亲家公还是他多年前的老同事呢。

别说亲家公不来看他，单位里的同事，来探望过他的又有几个呢。记得刚转到看守所时，全局同事集中来过一次，分批参观了他，然后每批中有一个人代表发言，一句话"周局，既然这样了，想开点"，或者更简单的"保重身体！"是啊，失去了自由，唯有身体了。

如今，老周每天照镜子时，都会反复审视自己的四肢。还好，四肢依然发达，最重要的是头脑比原先健康了，这是他唯一的安慰。

药渣倒哪儿才好

周大娘自从探监回来就病了,感觉日子快过到头了,找不到一丝的安慰。

什么病?查不出来,头痛、失眠、浑身没劲、胸口闷得透不过气来。一位八十岁的老人血压血脂都正常,其他器官并无病状,其实便是长寿之兆。这得感谢大鹏当官时对母亲的照顾,那些滋补品对老人还是有用的。可自从得知大儿子出事后,她,当娘的真没睡过一个安稳觉,悔恨、担忧、悲伤,不断齐聚心头。

当年,这拆迁房也是大鹏给装修的,一个老太婆住得这么豪华,小区内也仅此一家吧。刚住进来时,周大娘感到前所未有的幸福。那时,她整天念叨老伴,要是老伴健在,该多好啊,从十层楼的高空洋房看外面的风景,之前想都没想过。可老伴在七年前被癌症掠走了。如今,最有出息的大儿子也出事了,老人的精神支柱彻底坍塌了。她宁愿住回破旧的老房子,可惜老房子早就拆了。她家只有一套房子,不管喜不喜欢,都得住,除非去敬老院。可敬老院不光得有钱,还得排队,还得托关系,不是你想去就能去的。

早上,小鹏带她去看了中医,医生给配了很多中药,一日三煎,药很苦。当然,周大娘年轻时什么苦没吃过,这点苦算什么。自大鹏当官后,原以为苦日子会永不复返,谁知一把老骨头了,还得喝大苦药,大鹏进牢的这帖药比任何一剂中药都苦上几百倍。

中药喝完了,得倒药渣。这也是周大娘住进尚都首府后第一次煎药,药渣倒哪儿才好呢?原来是一直倒在村子的四岔路口的。去年,周大娘看到阿根婶把药渣倒在小区内的路口,当时就被扫垃圾的阿蔡训了一顿,说这倒药渣是迷信。但她一个八十岁的老太婆从小到大看到哪家哪户喝的药渣不是倒在四岔路口的?虽说她得的不是绝症,但有病就得及时治,大鹏还没出狱呢,她得等着大鹏出来为她养老送终。想到这儿,周大娘的眼泪又流下来了,好多年没生病了。如今,这有气没力的病真的太折磨人,想到药渣无处可倒,胸口更闷了。

大娘想,要不晚上偷偷地去倒吧。八点后,那时小区里进出的人少了,即使有摄像头也看不清。可是,八点后的人少了,这药渣就没人踩了。药渣是要被不同的人踩踏之后,身上的病才会向四面八方散去,病人才能康复。这又怎么办呢?左思右想,周大娘觉得都不是办法,要不给小儿子打个电话吧,可小鹏保证会说:"妈,你糊涂啊,药渣直接扔垃圾桶便得了。"儿子要说的话,周大娘都能背出来,甚至还能想象儿媳妇在边上会怎么笑话她儿子。其实,很多时候给小儿子打电话只是想听听他的声音,这日子苦啊,过得真苦。可小儿子是个怕老婆的主儿,小儿媳妇一直说周大娘偏心大儿子,所以,大鹏出事后,小儿媳妇甚至不允许小鹏去探望大哥和老母亲。

哎,还是给自己小妹打个电话。小妹今年六十九了,可在周大娘看来,唯有小妹才是唯一的贴心人。小妹经常会打一个电话来问候她,不像她两个弟弟,在大外甥出事后甚至没来看望过她这个大姐,那些后辈更别提了。当初,许多表兄弟姐妹的工作还是大鹏给落实的呢,如今,那些亲戚似乎怕沾上什么,个个避而远之。亲戚都如此,还能指望外人吗?周大娘知道自己在小区里的地位已一落千丈。

周大娘用颤抖的手拨通了电话,小妹第一句话就问:"大姐,今天胸闷好点了吗,医生给你配了什么药?晚上吃什么?天开始热了,我给你买了件雪纺衬衫,过几天给你拿过去……"小妹的一连串问候令周大娘的心舒服了不少。于是,她把当前最苦恼的药渣倒哪儿的事如实告诉了小妹。小妹说:"大姐,不急,你先把药渣集中起来,明后天,我来取走。"张大娘问取哪儿去?小妹在电话里笑了:"我们家的村庄不是还没拆吗,倒在我们村四岔路口不就得了,病痛照样会被别人踩走的。"哎呀,还是小妹聪明。周大娘的胸口透出了一口长长的气,好像那些药渣已经倒出去了。

第三天,小妹真来了,把一大袋药渣带回了自己的村庄。只是她把药渣倒在专门的垃圾桶里,小妹的村庄正在开展垃圾分类呢,她是志愿者啦。

偶　遇

说起志愿者，尚都首府里自有其人。

我从来都不善于搭讪陌生人，但那年在飞机上偶遇了一个陌生人，最后发展成至亲般的关系。

那便是老范。

那次，我带小儿从北京旅游回程，飞机起飞平稳后，睁开双眼，余光告诉我右边有人正看着我，便回望了一眼。是一个地道的农民，正冲着我笑呢，我也挤出一个笑容回应他。谁知，他马上伸出右手，说："叫我老范吧，您是知识分子吧？"还没等我反应过来，里边的小儿已代我做了回答："我爸姓吴，我也姓吴。"我用手打了一下儿子伸过来的小手，心里骂，傻儿子，我姓吴，难道你不姓吴。当然，这话我没说出来，别看我是个父亲，一旦怼起来，还怼不过小儿呢。他会说："我不高兴了就跟我妈姓，姓沈。"所以，我算什么知识分子，连个小儿都搞不定，老范抬举我了。我又挤出一个笑容，回握了陌生人老范那厚实的右手，报家门："老吴。"

空姐推着餐车过来，问："您需要炒饭还是牛肉面？"老范坐在外侧，临通道，听了空姐的问话，没直接回答，却转过头来问我们要什么？他的热情，我有点不适应，抬头看了一眼空姐，答："随便。"于是空姐先递给我一盒面条。坐里面的小儿，刚上一年级,但已坐了 N 次飞机,很自然地对着空姐说:"面条。"老范看着我们,然后照样对空姐说:"那我也来面条吧。"

其实,空姐给我们的除了一盒面条,还有一个小面包,一小包航空榨菜,一小包坚果,很丰盛。我与儿子拆开来便吃,老范却拿出来一件件地研究,边研究边不断转过头来看看我们父子俩。

吃完了,我拿出一本书翻阅。儿子拿出一个魔方开始玩,为学习拼魔方我曾专门请家教上门为他进行辅导,花了五百大洋。魔方三十块钱,已是第五个了。老范到底有没有吃面条,当时我还不能确定,但可以确定他一直在看我们的吃相。

等我再次抬头时,他仍在冲着我笑,这次有点腼腆,说:"你儿子的魔方玩得真好,聪明。"还竖起个大拇指。

我不经意地答:"外面学的,不稀奇。"

他又轻轻地说:"稀奇的,太聪明了。"

我继续埋头看书。过了一会儿,发现有异味,是老范的头凑了过来:"这么厚的书,什么时候才能看完?"

我只能抬起头来,扶了扶眼镜框:"如果不被打断,三四天看完;如果有事可能一星期,可能两星期吧。不过,时间还是靠人挤的。"

老范笑了,自言自语似的说:"时间是靠人挤的,你说得真好。"

"这话不是我说的,是一位名人说的。"

"你是知识分子,我不认识名人,看到你,就觉得你不是普通人。"

"我也是普通人。"我严肃地纠正。

老范认真地说:"不,你不是普通人,你有学问、有知识,认识你真好。"说着又伸出他那粗糙的右手。被誉为知识分子的我实在没理由拒绝一位农民的友好,只能再次伸手回握了一下。完了,老范又说:"老吴,能留个电话号码吗?我是文城市白龙镇的。"

我惊讶:"哦,我也是白龙镇的,只是很少回老家。"其实,我还是经常回老家的。

老范摸了摸自己的头,害羞似的笑着说:"世界真小,我是头一回乘飞机。你应该经常在天上转吧?"

我哈哈大笑,说:"我哪有本事经常在天上转啊,只是比你多转了几回而已。"

老范的脸变得沉了些:"我是第一次去北京,有人帮我打听到一种进口药,只有北京有,所以得让儿子试试。"

"你儿子怎么了?"

"我儿子得了一种先天性怪病,没得救了。这次回来,我是专门替儿子坐一回飞机的。"

"哦,你没吃飞机上的面条?"

"是的,你们知识分子就是聪明啊。"他说得很轻,同时,低下了头。我停止翻阅手中的书,提醒他:"时间久了,面条要坏的。"顿了顿,又问,"孩子得了什么严重的病?"

老范重新抬起了头,视线投向前方,有些哽咽地说:"等我下了飞机慢慢吃,然后把这面条的味道告诉儿子。"

里面的小儿不知何时已进入甜蜜的梦乡,我看着小儿嘟起的小嘴,睡梦中还在微笑,心里无比踏实。

接下来,我都在认真地听老范讲他儿子的故事。他的孩子已十二岁了,因病从来没有上过学,老范就经常带着他躺在田野里看虫子、看飞鸟、看星星、看月亮。原来他在农村老家经营着一个鱼塘,一家三口除了待在鱼塘边,就是四处为儿子求医问药。可希望越来越渺茫,现在孩子基本只能躺,等待死神的召唤……

完了,我问:"有什么需要帮助的吗？我在北京有很多朋友,在文城也有很多朋友,有事尽管找我。"说着,我便找出笔把手机号写在了老范的手心上。

下飞机时,老范问,能不能让小儿把拼魔方的方法告诉他,他回去可以教孩子。我说,没问题,我还可以把魔方老师带到他家去面授他的儿子。他很激动,紧紧地握住了我的手。

我让小儿把魔方送给老范,小儿哭着不肯,老范显得很难为情,说:"不用了,我可以去买一个。"我知道可以买到,但在白龙镇并不是处处都能买到的。于是,我把儿子叫到一边,耐心地告诉他,老范家有个卧病在床的小哥哥。小儿的心比我还柔软,一下子改变了想法,主动把魔方交到了老范的手上,还补充一句:"下次,我去老家时可以教小哥哥玩魔方的。我还可以再买几个送给他。"儿子的大方和善良令我深感欣慰。

可从北京回来后,等我再打老范电话时,手机不是没人接就是关机中。我想自己是否轻率了些,随便听信了陌生人的话。

后来,回老家我便问家人,镇上是否有这样一个人,家人说,此人原是南严村的,负债累累,家庭关系极复杂。于是,我便将老范这个人从心里抹去了。

不知不觉中,几个月过去了。

某天上午快要下班时,接到一个陌生的电话,他说自己是老范,在文城市,想来看看我。虽然我已记不太清老范的声音,但他的热情始终记得,心里依然有疑虑,前段时间为什么失踪了？于是,淡淡地回话:"我下午还有个会议。"老范虽是农民可也不

傻,马上说:"你告诉我一个地址,我来看你一下就走。"我本想说
下次吧,但听到他热情的语调,想起他在飞机上那句豪爽的话
"叫我老范吧",便改口说了个地址,让他在那儿等我。

　　我告诉老范的地址是一个小饭馆,等我驱车抵达时,他已站
在门口等我了。他手上有一个水桶,见我下车,又殷勤地来握我
的双手,真似老朋友相见,其实,我们还算不上朋友。老范开口
便说:"这段时间,我儿子吃了进口药,已经能坐起来了。"我被感
染了,对于这样一个勤劳而苦难的农民,我怎能有一丝的怀疑
呢? 于是,高兴地答复:"好的,好的。"同时,把老范往小饭馆里
拽,我想请他好好吃一餐。可老范不肯入内,说是来给儿子配药
的,顺便给我带来几条新鲜的鱼。说着便把那个水桶给我。我
掀开一看,里面有十来条鱼,黑鱼和草鱼。"我怎么能要你的鱼
儿,多少钱?"老范马上黑脸了:"什么话,你是看不起我这个农民
吗? 还老乡呢。"我马上解释:"没有,怎么会呢,可我赚钱比你容
易,怎么能要你的东西呢?"老范催我:"快把鱼儿拿回家吧,换点
水,否则没氧气了不好。"我还在坚持:"吃了饭再走。"他说:"不
行,这鱼儿不能等,我家里还有妻儿等着,下次再来。"我知道回
白龙镇要倒两趟车,于是说:"那我送你回去。"他又说:"那怎么
行呢,来回有二十多公里路呢,你开会来不及的。"说着,扭头就
走了,我急忙跑上去,拿出口袋里仅有的一千多块钱塞进老范的
口袋。老范一定要拿出来,被我生生地摁住了。毕竟,我年纪比
他轻,个子比他高,力道也不小,我每天晚上都在锻炼呢。他走
了几步,又回头对着我高声喊:"那个魔方我儿子还在玩,谢谢你
家小儿。"我向他点点头算是回答了,开车把那些鱼儿养在家里
的大浴缸里,还拿了几条送领导。

　　没过半月,我又接到了一个陌生的电话,是老范,这次他的

声音很急。

当时我们一家三口正在逛四明山。深秋,满山的火红枫叶、金黄银杏,红绿黄相间,层林尽染,我正被这迷人的景色陶醉着。

老范气喘吁吁地说,他儿子正在医院里急救,能不能借他两万块钱。

两万元,说多不多,说少也不少。我们只是工薪阶层,我一下子答不上来,问身边的妻子,妻子摇摇头。我只有在电话里抱歉地对老范说,正在外面出差,没带那么多钱,让他别处再想想办法吧。我当然知道,老范肯定没有地方借钱了,否则谁会向一个并不是很熟的人借钱呢。除非他存心骗钱!这么一想,我的心是虚的,老范到底是不是骗子,我心里有数。

老范轻轻地叹了口气,没再说什么,挂了电话。

我拿着手机的手停留在半空中,问妻子,自己是不是太过分了?当时飞机场上临别时我是多么仗义与大方!

妻子听我说过老范的故事,也吃过老范的鱼。但还是反问我:"你了解老范吗?你知道他家真实情况吗?你认识他几天?"

是的,我并不了解老范,只在飞机上和他聊过天,前段时间吃过他的鱼。用妻子的话,我拿一千多块钱买了老范的几条河鱼,老范不亏,我也不必内疚。

可那天晚上回来,我还是内疚了,久久不能入睡。

第二天,回拨了这个陌生电话,对方说不认识我。

原来老范是借别人的手机打的。

或许,老天捉弄人,像我这样一个二十年来都顺风顺水的人,因为一句话、一件小事,突然之间,被领导难看掉了,从天堂落到了凡间,凡间的群众看到我从天上掉下来,都来踩上几脚,最后连认识我何止一两天的老婆也想在紧要关头离我而去了。

此时,我真的快要下地狱了。人生已过半百,事业上却遭灭顶之灾,婚姻上突然来了 180 度的突变,不知如何渡过此劫。

下地狱前我回到了老家。我的家乡,我的故土。

以前,总是来去匆匆,这次我要在父母的安置小区里长久地居住。多少年了,老家已拆除,面目全非,但家乡总归是家乡。故土上有熟悉的声音、熟悉的名字、熟悉的气息。

晚上,我在小区附近散步,一切都是说不出的亲切。突然,一个陌生而又熟悉的声音闯入我的耳朵。

是老范。老范的头发已全白了,我差点认不出来。

原来老范的拆迁房也在这里,为了治儿子的病他将三套房子全卖了。如今,儿子已走了好几年,夫妻俩在小区的门口开了个鱼面馆,住用都在这个租来的面馆里。由于老家土地还未被征用,夫妻俩依然经营着鱼塘,鱼面馆的鱼都是自己养殖的,新鲜得很,生意不错,但夫妻两个人两个地方来回跑,非常忙碌。我很想说,我到面馆来帮忙可以吗?可又咽下。我的手是拿笔的,多少年没干粗活了。老范说,他们就是想把每一分每一秒都过充实了,这样就不会想儿子。但是,无论怎么做,晚上入睡时,老伴还是想儿子,想得泪流满面。

听到这,我的心紧紧的疼,谁能理解中年失子的伤痛呢?很多东西是无法感同身受的,就像我现在被打入"冷宫",差不多就失去工作了,又失去了家人的体贴与安慰,这种凄凉的滋味只有自知。

之后,每天的中饭我都在老范的鱼面馆解决,老范夫妻给我的面条总是满满的,生怕我吃不饱,却从不多收一分钱。除了面,每天能见到老范笑呵呵的脸,还有他老婆每天一声轻轻的问候:"你来了,坐!"总是边说边把我坐的桌子再用一块清洁的抹布擦一遍,其实,那桌面本来就很干净很干净。

老范夫妻俩已把所欠的债务都还清了。有人劝他们在小区里买一套小房子,但他们说算了。夫妻俩经常把新鲜的鱼面做好送到孤寡老人家里;周边邻里谁有困难向他们借钱,从不拒绝;哪怕是村民阿志这样"三进宫"的赌徒向他们借,他们都会借给他。

有一次,我问他,为什么做没有原则的施舍。他答:"只想让每个人都得到爱。"很久,我无法接话,在老范面前我太渺小了。

老范又说:"儿子离开时,很想乘一次飞机,但哪架飞机会让一个躺着的病人乘呢? 那次我把飞机上发的面条和小吃都给了儿子,儿子吃了整整一个星期。"儿子临走时,天空刚好飞过一架飞机,他眼睛始终未闭,好像正看着飞机发呆。

说完,老范扭过了头。

红烧青鲇鱼

老华正在收钱，扭过头，发现了一张似曾相识的面孔。

这是一位七十多岁的老人，由保姆推着轮椅车。老人在那儿指指点点，似乎不会说话。

老华定睛看着老人，见他点了一份排骨萝卜汤，一份炒面，还有一份红烧青鲇鱼。在点最后一道菜时，老人笑了，笑时他的嘴是歪的，露出了下唇中隐藏的一粒小小黑痣，似乎是一颗挂在嘴上的小芝麻，显得有些俏皮。

猛地，老华叫了起来："你是歪痣，歪痣哥？"

老人惊讶地抬起了头，看着他，手舞足蹈起来，眼神里却带着强烈的疑问。

老华说："歪痣哥，我是南严村的华斌啊，华勇的弟弟，还记得不？当年你和我哥是同桌，我天天跟在你俩后面的！"

老人鸡啄米似的不住点头，努力想站起来，可站不起来，又执意地伸出右手，那手布满了凹凸不平的青筋，像一根失去水分的老藤，在半空中作摇摇欲坠状，老华急忙从柜台后走了出来，紧紧握住老人的手，告诉他华勇已在五年前去世了，临走时还曾提到过他。

老人心里清楚，华勇是他小学里最要好的朋友，可他参军回来后就去外地闯荡创业了，一走四十年，如今落叶归根，可身体完全垮了,但这些话他说不出来。听到儿时的伙伴一直记得他,念叨着他,心里酸酸的,眼圈泛红了。老华看出了点什么,把老人推到餐桌边,示意他先吃饭,可老人却要保姆先付钱。保姆问:"多少钱?"

老华摆摆手:"哪能要哥的钱?不要,不要。"这时老人坐不稳了,开始着急。保姆代替他表达:"钱一定要收的,否则他不吃的。"然后,老华看了一眼菜,说:"二十三,收二十吧。"但保姆一定要给老华二十三元钱,保姆说老人很固执的,她不敢随意更改他的主意。老华说:"我与他的关系非同一般,他可是我哥的发小啊。三元零钱怎么能收呢,这从小的情还不值三元吗?下次,只要歪痣哥来我这里吃饭,零头都抹去。"

说完,老华对着老人爽朗地笑了,老人再一次鸡啄米般地不住点头,也笑了。保姆惊奇地看着老人,付完了二十元钱。因为老人很久没笑了。

之后,老人又来过一次,依然点了二十三元的菜,其中一盆还是红烧青鲇鱼,老华还是说:"三元零钱抹去。"

可后来,老华没见歪痣哥再来他的快餐店。

不久后,快餐店边上新开设了一个老年活动中心,尚都首府的老人都有了更好的去处。老人们可以在那儿下棋、看电视、搓麻将、聊天,而且每天早上九点有免费的水果吃。而那份提供切好的水果生意便落在了老华的店里。这是老华从来没想到过的。

又过了两个月,刚扩建完工的白龙镇养老院院长来了,说有人出资,隔天要给每位老年人免费加一个蔬菜和一份鱼汤,而且要保证是当地农民自己种植或养殖的。老华儿子在村里经营着一个鱼塘,鱼塘周围种了各种时令蔬菜。这不,老华的快餐店和儿子的鱼塘,就这样多了一份稳定的生意。他想不到自己在接近花甲之年时还能发上一笔小财。养老院就在镇政府边上,即山脚下,临湖靠山,环境优美,是养老养生的天堂。经过扩建的养老院比原先还要大三倍,听说床位增加到了八百张,可依然供不应求。

不知过了多久。那天,歪痣哥的保姆来了,只买一份红烧青鲇鱼。

老华问:"为什么不见我歪痣哥?"

保姆:"他彻底中风了,只能躺在床上。"

老华急了:"啊,那歪痣哥还住在老家吗?"

保姆:"住养老院。"

"怎么住养老院? 不是说他很有钱吗?"

"是的,很有钱。他的儿子孙子都在美国,有很大的事业,也很有钱,可有钱没人花,他就把钱都捐给了村上和镇上。这小区边上的老年活动中心的设备都是他捐的,镇上养老院扩建工程也是他捐的。"

"啊? 那他们从我这里取水果、买菜也是?"老华的嘴张得如鳄鱼般。

"你抹去了他三元钱零头,老人很感动,只有你还记着与他小时候的情谊,只有你不看重钱。那天晚上回去,老人都流泪了。"保姆平静地说完一切,急着离去,老人等着红烧青鲇鱼呢。

老华突然想起,哥哥在世时也很喜欢吃红烧青鲇鱼。

一枚方戒

老孙在世时没有住过一天这新房子。

1107室,里面空荡荡的,没有任何装修,没有任何家具,当然也没有任何居住过的迹象,但却实实在在的有人居住着。请看,墙上那幅挂得有点歪的、杂志般大小的带框遗照,照片里的人便是房子唯一的主人——孙立强。

老孙留下的,除了这套房子,还有一枚方戒。

所有的故事虽已成为过去,但还是值得说道说道。

孙立强出生在1931年,九一八事变就发生在这一年,日本鬼子所到之处硝烟弥漫,百姓生活在水深火热之中。孙家之前生了两个女儿,对于孙立强的出生,父母特别高兴,都把他疼在心尖儿上。可那年代实在太苦了,能有一口吃的已经不错,等到中国人民终于把鬼子赶了出去时,家里又添了一对龙凤胎,而母亲却在生下弟弟妹妹后难产而去,全家的生活一下子陷入无边无际的苦海里。

新中国成立后,孙立强参加了人民解放军,雄赳赳跨过鸭绿江抗美援朝。退役回来时,一条腿瘸了,身上还有没取出的弹片。在农村,失去一条有力量的腿比失去一只眼睛更让人揪心。与他一起参军退役的南严村老严一只眼睛没了,仍娶到一个标致的媳妇,而孙立强却迟迟未娶。有人说,因为老孙家实在太穷了,也有人说因为他没有母亲,一个没有女人的家庭娶儿媳妇当真难。或许,命中注定孙立强一辈子打光棍。

孙立强的弟弟也是在三十岁才娶上媳妇的,娶的是陈池村一位老姑娘,一位左邻右舍都惧怕的老姑娘。当然,弟弟娶了这个老姑娘后也成了怕老婆的男人。

弟媳妇生了三个女儿,说是为了照顾单身的哥哥,把最小的女儿过继给了孙立强。说是过继,其实两家的房子紧挨着,小侄女梅梅并没住到他家,倒是孙立强的东西从此理所当然地属于了小侄女。梅梅从出生时的吃用全由孙立强负责,当然他也乐意,并从内心深处视梅梅为己出。梅梅幼时,孙立强天天抱着她玩;梅梅入学后,孙立强每天来回接送;梅梅考上大学了,她的花销自然仍由孙立强供给;梅梅大学毕业找了个好单位,孙立强比谁都高兴,逢人便夸孩子聪明能干。可梅梅除了偶尔给他买过几个单位食堂自己做的包子或小蛋糕,什么也没孝敬过他,但老孙吃着梅梅拿来的小包子比吃到一罐蜜还开心,满是皱纹的脸都能年轻好几天。梅梅结婚时,孙立强把一辈子的积蓄全给她买了嫁妆。当梅梅生孩子时,孙立强已经六十多岁了,由于身上原先的弹片未取出,旧疾复发,健康每况愈下。但孙立强还是努力帮梅梅带孩子,直到孩子随父母进了城里幼儿园。

恰时,农村的土地被征迁了,政府给了两万多元的赔偿金,孙立强想与别的老人一样用这笔钱给自己买一份农村医保,可梅梅来电说要买学区房。老孙有点为难,但还是一字不言地全额给了梅梅。他想着以后还是要依靠侄女养老送终的。于是,每月除了民政局的极小部分残疾军人补助费,老孙失去了其他生活来源。梅梅每次回来基本两手空空,而孙立强以前总是尽自己所能给她带去一堆土特产,包括给外孙的零花钱。现在,外孙来时,他再也拿不出多余的零花钱了。侄女也很久没来了。

年三十,梅梅给他送来了六根年糕,一袋糖,两个面包。二十多年来孙立强一直在弟弟家过年。那年,他们没叫他,但他想,自己人何必见外,而且之前他已主动把民政局和镇上慰问的棉被、米、油都给了弟媳妇,就主动过去吃年夜饭。

饭桌上,没有人与老孙搭话,他说的几句话也没人接,弟弟面露怯色,弟媳妇只顾管孙辈吃饭,梅梅夫妇对他爱理不理。他不知道自己是怎么吃完这餐年夜饭的,这是他这辈子吃的最尴尬的一餐饭,不如乞丐。趁她们收拾碗筷之际,孙立强偷偷地把预先准备的红包给了外孙,出来时,脸上挂上了冰凉的泪珠。

每年的正月初三,都轮到梅梅家请客,包括她的娘家和夫家的亲戚。以前孙立强负责烧水、择菜、搬递东西等杂活,等众亲吃完,他随便吃点剩菜,完了继续收拾。多年以来,侄女从没正儿八经地请这个伯伯或者说养父上过正桌。可这次,孙立强因病连基本的劳动也难以完成了,只能坐在家里等着侄女来喊他。他想,要是梅梅来喊他,那年三十时的尴尬就算过去了。但午时已过,没有一个人到他家来,连一只小狗或小猫的影子都没有经过。

那一天,孙立强没做饭,一直坐到天自然黑。

老孙终于装作满不在乎地挺过去了。年后,他的身体恢复了些。

老严来看他时说起儿子开的白龙镇驾校门卫不干了。老孙马上说:"我不要工资,只求个住地。"

从此,老孙吃住都在简陋的门房,沈家村的老家租给了打工者。老严的儿子每月发他1200元的工资,老孙舍不得用。他在门卫房边上开垦了一块荒地,一年四季只吃蔬菜,偶尔熬点猪油沾点荤气。周边村邻里知道他的苦,有好心人想来照顾他,都被一一拒绝。

半年后,孙立强用积下来的钱在金店里打了一枚大大的方戒,每天戴在右手中指上。熟识他的人见到了,问:"老孙,这么厚实的方戒传给谁哦?"老孙只是笑笑。

梅梅来了,手上提了五只橘子。没有请他回去的意思,只诉说着自己养育孩子的不易,家庭开支巨大。老孙慢条斯理地咬着一个烤番薯说,自己省吃俭用只想买一个寿穴,以便老了到父母身边。

不久,老孙传出话,如果哪天谁帮他收尸,方戒就归谁。此话一出,弟弟孙立国上门来了,说哥哥在打他的脸。六十多岁的弟媳妇在门卫房前骂了半天,似乎孙立强这一辈子真的做了什么对不起他们家的大事。

时光又推进了三年,沈家村也被整体拆迁了。

孙立强也想住新房啊,可他的身体一日不如一日,已从门卫转到了医院。

临终前,他写下遗嘱,拆迁所分得房产捐给村里,做集体资产处置。唯一条件,让他的遗像在新房里挂三年,他是多么想住一下宽敞亮堂的新房子啊,多么想享受一下人世间的天伦之乐啊。

再见，孩子

沈大友,有儿有孙,当然向往天伦之乐。

但他的房内总是静悄悄的,甚至静得让人窒息。

每当天空呈现玫瑰色时,沉睡的房屋也是玫瑰色的,沈大友就在这时起床了。他会站在八层楼的阳台上,俯瞰尚都首府的一切,落在小区地面上的树影拉得长长的,宛如黄昏,实则清晨。

清晨的小区是安静的,又是热闹的。买早点的买早点,买菜的买菜,送孩子的送孩子,上班的上班,都一阵风似的从小区的各个角落里交替穿梭出来,场面热气腾腾,堪比高速发展的大城市。

沈大友是一位七十有二的老人,腿略有小疾,行动不便,血糖血压都偏高,他的房门总是紧紧关闭着。纵使有小区志愿者或亲戚来探望,门也只是被轻轻地打开,又被轻轻地关上。老人很少出来,对面的邻居几乎不认识他。

小区里少数邻里见过他,只知沈大友不善言辞,出来时挂一根拐杖,总是慢慢地移动,眼睛稳稳地平视前方,即使有相识的邻居经过,也很少与人打招呼。

很多爱在小区门卫闲聊的老人说起8601室,都说那是个怪老头! 很怪的老头! 从来没听他发出过一个声音。

是啊,一个独居多年、闭门不出的老人,有什么声音可发呢。

其实,老人在家,很多时候也是静静地坐着。坐等日出,坐等日落。无论外面是明媚的阳光,还是潇潇风雨,似乎都于他无关。

　　早晨,老人坐在阳台上,手捧一个小镜框,镜框里是一对漂亮的双胞胎——他的孙子孙女,在北京,上小学四年级。他们有三年没回来了,那照片是三年前他们来那次送给他的。现在,只有逢年过节会来一个电话。或许,老人每天的静坐都在等待某一个节日的到来。

　　中午,小区养老服务中心会送来一素一汤一饭,菜是他自己点的。其实,养老服务中心的菜系还是比较丰盛的,可老人就是喜欢吃素,偶尔加一个鱼或肉。晚饭亦如此,只有早餐是自己做的白粥,就着冰箱里存放的酱菜、榨菜、果酱等应付一餐。偶尔下楼,他一般也就在小区外围的生活便利店买些日用品,更多时候由小区志愿者帮忙采购。

　　老人常看着墙上挂着的那张照片发呆。照片里的女人六十不到,一头漆黑的头发,精神饱满,风韵犹存,微微笑着,似乎正欲启朱唇与他对话。那是他的老伴,十二年前在北京带孩子,某天清晨从市场买菜回来,在拐角处被一辆飞驰的电瓶车撞出很远很远。

　　当沈大友赶到北京时,看到的是妻子僵硬的身体,没有一丝血色的脸,神情却略带微笑,就像那张照片上的模样,似乎对着他说:"你来了,来接我啦。"当年的沈大友才六十岁,完全不像老人,还能算是壮年。怎么会想到,妻子来北京半年,再见时却已成永别。他一下子从壮年过渡到了老年,神情一度恍惚。

　　从北京回来,除了带回妻子的骨灰盒,还有一个枕头。至今,这个枕头都没有被清洗过,并排放在卧室的大床上,每晚临睡,他都会闻一闻枕头上妻子留下的最后味道。总是在那份熟悉的味道中迷迷糊糊地睡去。

早上,老人都会被对面8602室的声音吵醒。虽然他不熟识对面邻居,却知道他们是一个五口之家。小夫妻恩爱,老夫妻和谐,还有一个可爱的小女孩,刚刚上一年级,伶牙俐齿,走楼梯总是一蹦三跳。她每一次上学和放学之际,整个楼道的空气都在舞动,都变得鲜活起来。老人很享受这样被吵醒的感觉,似乎没有这个吵闹声他是不愿意真正地醒来的。

六点三刻,又一个清早,外面热气腾腾,静静的楼道响起了小女孩准点上学的声音:"再见,妈妈,再见,爸爸。再见,爷爷,再见,奶奶。"

这时,8601室里的沈大友老人,每每总会自言自语地跟上一句:"再见,孩子。"

发小何南

再见何南,居然时隔二十五年。

就在那次手术出院后。

那是我平生第一次进手术室,鼻中隔歪曲矫正手术。虽说是小手术,可心里还是很恐慌。温和的专家沈建森医生边放轻音乐,边悠悠地告诉我:"你那骨折应该发生在二十多年前吧。"于是,我不得不想起中学时与何南的那次打架,鼻子生生地疼了一个月。

何南住东周村,我住尚河村,两村紧邻,且双方母亲都来自陈池村,也是发小,据说小时候一起搓麻绳、做草包的。两个母亲的亲近,使我们小时候玩得更近些。当时,何南爸还是村支书,他家条件比普通村民显得殷实点。但何家有两个儿子,一个比一个顽皮。何南的哥哥长他五岁,初中未毕业就去闯社会了,听说跟人在深圳做生意,每年都会寄些钱回来。当何南读初中时,家里好像真的有钱有势了,被村民们叫作"万元户"。何南总拿着哥哥寄来的新玩意儿在小伙伴中炫耀。他上课时不是讲空话,就是捉弄老师,是个名副其实的捣蛋鬼。初一时,他把新来的代课老师弄哭了,校长找来他的母亲,他也不知悔改。因我是班长,他从小算是在我的旗下的,校长便命令我管束他,不许他再欺侮代课老师。又一次上课时,何南朝后面的女生吐痰,没吐到那女生,却吐在了我的脸上,我未当场发作,瞪着他,自己把痰擦掉,他便不敢再往后看。在我看来,他的吐痰行为可能是有意向我挑战。课后,我毫不犹豫地把他推到墙角处,狠狠地揍了几拳,他也使尽全力还了我一拳,正好打在我的鼻梁上。

最近一次听说何南的消息也是五年前的事了,当时我帮父母搬家,遇到他母亲,略知他的状况。

谁知,会在儿子幼儿园组织的亲子活动中遇见他。

活动就设在老家附近的金岙村金果子葡萄园。

或许是拗不过孩子前一晚的兴奋,或许是本人内心的老家情结,父子俩提前半小时到达目的地。作为曾经的市农业局干部,我早就听闻过该葡萄园的名气,他们种植的金手指葡萄在全市拿过冠军。

夏日的山村,骄阳似火,空气特别清新。整个村庄已是成片的葡萄种植基地,在路牌的指引下,掠过一排排的白色葡萄棚,我的车开到山村的最深处,马路边一个拱形的金色广告牌告诉我,里面便是金果子葡萄园了。

停好车,我领着孩子沿着大棚边的水泥路往里走,从外形看,金果子葡萄园与其他果园并无两样。园子外围有两间白色的简易房,走近了,看到一名中年男了蹲在地上忙碌地装着葡萄。刚摘下的成串的大葡萄放在箩筐里,正被有序地安放到一个个小箱子里去。紫的,圆头,个特别大;绿的,呈椭圆形,晶莹剔透。儿子本来是一蹦一跳地在前进,看到丰硕的葡萄后加速跑进了园子,大声尖叫着:"爸爸,我要吃葡萄。"这时,从大棚里跳出一个比他大几岁的小女孩,她穿着一件很小的旧裙子,蓬头垢面,手拿着一串绿色的小葡萄送到了小儿面前,说:"吃这个吧,金手指,很好吃的。"小女孩的身后跟出一个老妇人,老妇人抬头与我的目光相遇,啊,是何南的母亲!老人见到我,露出惊喜的笑容。那么,低头干活的人便是何南了。此时,他已抬起了头,愣在那儿。当然,他已认出了我。

此时的何南,已完全没有了小时的油皮样。他站了起来,不停地搓动着那双青筋突起、指节粗糙的大手,竟露出害羞状,这似乎不该是四十多岁男人的神态,他甚至有点口吃地说:"是你啊,怎么是你?"我笑了,尽量显得与年少时一样,内心想自己应该少一些霸气了,便开玩笑似的反问:"怎么,不可以是我吗?老同学!"其实,何南母亲告诉我,当年何南的哥哥从深圳偷渡出境时,被警方发现,在逃跑途中被击毙了。他哥哥在偷渡前向当地蛇头借了一大笔债,去世后,债主转为他父亲,他父亲为此一病不起,很快过世了。何南初中毕业后就在村办企业打工,为哥哥还债。由于家境贫寒,一直未娶。后来,他婶子家远亲表侄女嫁给了他。但结婚三年,女方肚子久未见动静,经查,却是何南不能生育。这下,女方死活要离婚,为了保住儿子的婚姻,他母亲托人在外抱养了一个女婴。谁知,抱来的女婴患有先天性白癜风。妻子在孩子未满周岁时跟人跑了,何南便成了单身父亲。于是,他把全部的爱倾注在养女身上。为了治女儿的病,四处举债,将拆迁而得的三套房,两套出售,一套出租,自己带着女儿和娘来到金呑村,承包了这些土地,潜心学种葡萄。这些年,他的葡萄园远近闻名,生意兴隆,但他从不乱花一分钱,也从不雇人摘葡萄,都是母子俩从早忙到黑,吃住在园里。

看着曾经无比顽劣的发小一脸的沧桑,我的心里很不是滋味。突然,他蹦出一句:"你现在是领导了,还亲自来摘葡萄?"我没告诉他我也曾遭受暗无天光的日子,只轻轻地说:"是儿子的亲子活动,后面马上有大部队进来了。"他笑着说:"原来如此,那我不该收你们的人头费。"我说："亲子活动都 AA 制的，照常收吧。"

活动结束时，两个孩子早就成了好朋友。何南一定要额外送四箱金手指葡萄给我，我不收。她女儿跑到我面前说："叔，这些葡萄是我送给小弟弟的。"儿子也毫不客气地说："谢谢姐姐，我收下了。"然后，把自己胸前的小金猪挂到了对方的脖子上。何南看到了说："这万万不可，太金贵了。"我阻止了他："小时的友谊比金子贵重多了。"

他对着我腼腆地笑着，不知所措。

阿娘的红包

四邻八村,最膕腆的本该属我的阿娘。

阿娘,是我们文城市的土语,意指奶奶。小时候,哥哥姐姐都出门读书,堂弟住外婆家,其他几个叔叔还未成家。我是阿娘阿爷身边最亲的孙辈,众亲都知道我是阿爷阿娘的宝。今天,重点写写我的阿娘。

我的阿娘不到十岁就失去了母亲,上有一个哥哥、一个姐姐,下有一个妹妹。她的哥哥在结婚当年就遭遇日本鬼子向宁波投鼠疫杆菌而丧了命,姐姐和妹妹后来都参加了革命。只有我的阿娘嫁给了我阿爷,成了一个赤脚赤贫的农妇。

阿娘称她的父亲为爹爹,当然我没见过阿娘的爹爹,但我经常坐在阿娘最忙碌的灶头间听她讲爹爹如何辛苦拉扯大他们四个孩子的故事。

甚至我结婚后,还是喜欢坐在阿娘的灶头间听她讲乡村里的感情和乡村里的道德。那时,爷爷已去世多年,阿娘一个人住两间小矮屋。虽然就在我们大家庭的院门里,可我还是觉得她一个人很寂寞、很可怜,经常傻傻地问:"阿娘,你晚上一个人睡怕吗?"阿娘就膕腆地说:"不怕,你阿爷每天对着我笑呢。"说着指了指挂在墙上的阿爷的照片。照片里英俊的阿爷总是一脸慈善的笑容,引用大姐的话说:"阿拉阿爷是全村最帅的美男,当年,阿拉阿娘多少有面子啦。"是的,阿娘相貌平平,但眼大面大,村里人都说阿娘不光面相好,心更善,拥有一颗菩萨心。但在农村,婆媳关系复杂,并不以心善和心宽为界。阿娘可能因从小没有亲娘,不善于讨好婆婆,婚后七年未生育,所以,原先她的婆婆,也就是我的太祖母,并不待见她,幸亏阿爷真心待阿娘,处处维护着我阿娘。即便如此,我从小就知道太祖母不太喜欢我的阿娘,可太祖母年老生病后阿娘从不落后于几个妯娌,一直不离左右服侍着老人家,甚至比其他人做得更细致周到。当时,我已读四年级,曾问阿娘为什么要以德报怨?阿娘就告诉我:"这是你的阿太,没有她就没有你阿爷,就没有我们这个和睦的大家庭。"小小的我永远记住了阿娘的这句话。太祖母活了九十岁,她走的那天恰是个星期天,阿娘知道我胆小多病,听说刚刚过世的长寿者能把生者一辈子的胆小和晦气都带走,于是她特意把我叫到太祖母床前,让我拉了一下老人的手,这一感觉直到现在仍记忆犹新,阿太的手暖暖的、软软的! 也就在那一刻我对太祖母的心结打开了,可能她老人家一辈子没有真正了解过我阿娘!她在死前一直处于昏睡状态,我相信,太祖母肯定能感受到阿娘对她的孝与爱。

阿娘真的特有爱心。有一年冬天,我妈在晒旧衣旧鞋,有个乞丐经过家门口,看中了我妈的一双鞋子,我妈有点为难,因为在农村旧鞋是不送人的,怕自家的好运被带走。阿娘当然也知道这个说法,但她还是腼腆地笑着劝我妈:"送就送吧,她可不是一般的人,是乞丐。乞丐什么也没有,这一双鞋能让她过一冬呢。"当时,我妈刚动过大手术,有时脾气也不好,阿娘也七十多岁了,可她从来不多语,每天默默地帮我妈煎中药、洗衣服、收衣服。几年后,阿娘临走时,对我妈说了一句话:"我再也不能为你收衣服了。"奇怪的是,向来胆小的妈妈,在阿娘去世后竟敢一个人进她老人家住过的小屋。用我妈的话说:"你阿娘是好人,她决不会害我的。"我妈和其他五个儿媳妇一致评价她们的婆婆:心善心宽,智慧!

而且她的智慧惠及方圆八里。谁家有难了,阿娘总会拿出她藏了许久的几张皱巴巴的钞票去救急;谁家生孩子了,她要送去几个鸡蛋、一卷面;谁家有老人过世了,她义务去帮忙,还送上几百张锡箔;不管哪家小孩放学经过阿娘的门口,她都会拿出几颗糖或一块糕给孩子吃,这些东西都是儿孙们买来给她吃的,但她自己从来不舍得吃。直到我工作了,每周回家,她还常常拿着发花的糕给我吃。有一次我直接埋怨:"阿娘,你看,糕都发霉了,不能吃了。"说着就要扔掉,但阿娘以最快的速度抢回去,快速塞进自己的嘴里。当时,四叔在现场,就批评我:"你阿娘是特意藏着给你吃的!"其实,我心里是明白的,但心酸得不知道如何说抱歉。阿娘看看我说:"没事,没事,阿娘吃了就是,好好的东西不能丢。"其实,阿娘的胃就是这么吃坏的。她从来不舍得扔掉任何一样吃食,哪怕已经过期。

那年元旦,堂哥大婚。堂哥是长孙,阿娘非常高兴,对我说:"你看看,我们家孙子孙女嫁娶的都是文化人,个个都有学历。今天来喝喜酒的人这么多,全村停满了汽车,这在老早是忖啊忖不到的,我们家会那么发达。"是的,2001 年,私家车远未普及,但我们家及我们的亲友中很多人提前致富了,都是开着汽车来的,这在当时的农村是一大风景。听说,村民都在大操场上一遍一遍地数着汽车的数量。婚礼现场蔚为壮观。从来不轻易虚荣的阿娘在我这里也高调了一回。接着,阿娘又说:"我要告诉你一件事,阿娘阿爷一辈子只积了三枚大洋,在全家最困难时都没动用过这大洋。今天，你哥结婚了，阿娘要送他媳妇一枚大洋。还有两枚以后送给你两个堂弟。你会不会怪阿娘偏心?"我回答她:"阿娘，你真偏心，我本来以为你对我才最好。"阿娘很认真地想解释什么，但我捂住了她的嘴，笑道:"阿娘，我只是跟你开个玩笑而已。这事你不告诉我也没关系的，传给谁，我们都没意见的。"阿娘又紧张地问我一次:"你真的没想法?"我指着心说:"你摸摸看，我的心会不会说谎。"阿娘慈祥地笑了，她清楚我从来不善于说谎。她又拿出一个铝饭盒，让我打开看，不看不知道，一看吓一跳，里面是几张存折。我惊讶道:"阿娘，你怎么有那么多钱呢，我们给你的都没用?"这下轮到阿娘得意了，她说:"你爸爸他们给我的钱，我基本没用。你们给的，我都放寺院功德箱了。这些钱，等阿娘走了，拿出来花在斋饭上。就放在这个角落里，你看好了。"说完，她把那个铝饭盒又放回到柜子底下。可后来，发大水，柜子下的铝饭盒漂了出来，亲人们全都知道了阿娘还存有几笔钱。

原先，家人只知阿娘平时不花钱的，她信佛，只有在初一和月半时买一块豆腐和几片香干，各花五毛钱，当然是用来供奉菩萨的。到老年时更不舍，她经常背着一个黄色的经布袋，行走几十里去烧香拜佛。还常在寺庙里住上好几天，我问她:"您住那么多天在干什么?"她说:"烧烧香，拜拜佛，祈祷下一代都健健康康，你爸和叔叔们出门平平安安，生意兴旺。再帮寺院结点锡箔，扫扫地，做做饭。"说话间，阿娘总会拿出经本，再问我几个生字，因为她是文盲。这些年，只要有孙辈回家，她就要追着让我们教生字，也是在这些古老的经文中阿娘认识了很多字，并学会了写自己的大名——朱月仙，一个高尚而有灵气的名字。如今，每年清明扫墓，我都要摸一摸阿娘的名字。心里默默地说上一句:"阿娘,我来看您了!"每一次出版新书,我都会在阿娘的墓前一张张撕下来,焚烧在坟头。受到重大创伤或委屈时,都会找一个空旷之地,遥对天空,心里轻轻地呼唤我的阿娘,请她进入我的梦中,指点我人生的方向。

阿娘最令我感动的是她临终前的遗言和嘱托,一生难忘。

第一:要求八个子女视舅母如亲娘,送终、尽孝,不得有嫌弃之色(阿娘的哥哥死后,她的嫂子未曾改嫁,膝下无子女)。事实上,我的父辈一直非常孝顺和敬重舅母,从未视她作外人。阿娘过世时,同辈人中,她的嫂子哭得最伤心,痛彻心扉,不知情的人肯定以为她们是亲姐妹。父辈的舅母在又一个十年后离去,我们孙辈跟随父辈全都按至亲礼仪披麻戴孝,方圆数十里都知道朱家嫂子过了,她也子孙满堂!而且,不光吴家人是这么做的,阿娘的姐姐和妹妹的儿女及孙辈也都从各地赶来尽孝。如今,阿娘家朱姓人氏都在天堂相聚了,但凡间的大家庭依然团结和睦,事事有商有量,互助互进。第二代已过事业顶峰;第三代已成中流砥柱;第四代正在蓬勃发展,学业成绩普遍较好,都说镇海中学难考,哈哈,但镇海中学是咱家的摇篮。

第二:八个兄弟姐妹,不能吵架,一辈子要团结和睦,孙辈也会学你们。这一点阿娘特意强调了两次,当时说的时候已不能下地了。

第三:给未婚的孙辈和未生育的孙辈每人一个红包。给我时,阿娘又嘱咐了一句,不要急,这是给你以后的儿子的。我是流着泪拿下红包的。

阿根叔和阿根婶

　　村庄没拆前,阿根婶每次与阿根叔吵架后就会愤怒地喊:
"你放心,总有一天我会离开你的。"

　　那时,全村没有一户家庭是离婚的,哪怕老公天天打骂老
婆,老婆不停地在外村偷男人,都不离婚。

　　当然,阿根叔并没有打骂老婆,阿根婶也没有偷男人。那是
为什么呢?有意思的是,阿根叔在我们村里口碑特别的好。谁
家电灯坏了,他会主动帮着去查找线路问题;谁家忙季收割有困
难了,他还没割完自家的就去帮邻里了;谁家老婆生孩子抬元宝
篮缺人手,他第一个上。当然,如果他妈说一句头痛或头晕了,
阿根叔必定立马放下手中一切活计,谁家的都只能推后了,嘿
嘿,谁叫阿根叔只有一个亲妈呢。

　　其实,对于阿根叔的孝顺和乐于助人,阿根婶起先还引以为
傲。村里稍有点年纪的人都知道,阿根婶与我妈同一年同一天
嫁入这个生产大队,分别嫁到小吴村和尚河村,我妈属于小巧玲
珑型的美女,而阿根婶比我妈显得大气,她长得高大,气质也属
于落落大方型的。在那个年代阿根婶的美貌是倾村倾队的,只
是随着岁月的流逝,如今你在尚都首府再见到阿根婶估计很难
找到她年轻时的影子。用阿根婶的话说,她变成俄罗斯大妈都
是被那个没良心的害的。

我妈曾经妒忌阿根婶,不光她长得比自己漂亮,更重要的是,阿根婶非常能干,她在生产队的工作量完全可以抵一个大男人的劳力。社员人人夸奖阿根婶,大家都叫她"老黄牛",就是说她像老黄牛一样任劳任怨,又像老黄牛一样受人尊敬。阿根婶不光在生产队干得如一头壮牛,在家里也像一头牛,自己小家的活,婆婆大家的活,她都抢着干。比如,她家屋子漏水了,是阿根婶亲自攀着梯子爬上爬下换瓦片,如上面提到的灯泡坏了,这种小儿科更不用说了。而阿根叔回家则跷着二郎腿,抽着大前门,喝着白烧,沾着白醋再吃几粒花生米。

　　阿根婶为阿根叔生了三个儿子。生大儿子时,阿根叔正在生产队犁田。当时,有村民跑去告诉他,说在晒场地里扬谷的阿根婶肚痛了,要生了。按理阿根叔应该马上放下手中的活儿回去,但阿根叔嘟哝了一句:"等我把这些田犁了。"真的,阿根叔这么说也是这么做的。等他回家时,阿根婶已经在妇女们的帮助下,把孩子生了床上,喝起了红糖水。为此,阿根婶一星期没理他。两年后,生第二个儿子时,阿根叔正在服侍他妈挂盐水,当时得知老婆要生了,阿根叔直接说了句:"第一胎生得那么溜,第二胎会更快的,没事。"果真,这第二个儿子也是顺顺利利地生在了自家大床上,阿根叔还未进家门,老远就听到二小子惊天动地的哭叫声。这次,阿根婶半个月没理他。七年后,生第三个儿子时,阿根婶已三十四岁了,农村妇女,因活重老得也忒快,当时的阿根婶已经比我妈相老许多,两个儿子很顽皮,无论学习还是生活,都是她一个人在忙前忙后。也是从那时开始,我妈已不再妒忌阿根婶的美貌和能干了。因为我爸对我妈的好也是村里的佳话。

　　话说回来,阿根婶生第三个儿子时,阿根叔在邻村帮人家造房子做泥水小工,村民去喊他时,他说:"急啥,她生孩子又不是我生孩子。"可这次阿根叔错了,因为难产,村民已把阿根婶送进了乡卫生院,可还是生不下来,医生急等着阿根叔来,要转院呢。天黑时阿根叔才跑进卫生院,老支书已经在县人民医院托了关系。半夜时分,孕妇才被推进手术室。幸好母子平安。可阿根婶出来时看到阿根叔居然在手术室外的木凳上睡着了。从此,阿根婶再也没有给他好脸色看,吵架更是频繁。村民们很同情阿根叔,更同情阿根婶。

待到东周村拆迁时,阿根叔家三个儿子都已成家立业了,大儿子比较出挑,参军后提了干,十年前转业了,还是白龙镇国土所所长呢。阿根叔夫妻俩分得两套房子。阿根婶毫不犹豫地告诉丈夫:"你住第一幢这套,我住第四幢那套。"

如今,他俩在小区里已住了五年,三个儿子和村民也有劝和的,但阿根婶态度坚决,分开住。

没事的吴大爷

　　尚都首府开住五年来,小区的核心人物是谁? 不是八个村的支书,也不是新成立的社区汤主任,更不是物业陈经理。我只知道第二幢吴大爷家的人气最旺,男女老少都爱往他那儿跑。

　　吴大爷本名吴阿跃,四十多年前,他还是个地道的农村小后生,因征兵入伍到了部队,在上海服兵役提了干,还娶了当地姑娘为妻,副团级时转业到沪上某国有企业任党委副书记,于五年前退休。

　　就在他要退休那年,老父亲脑中风了。长达三个月大小便失禁,卧病于床,姐姐和弟弟都以条件差为由,把老父亲的包袱直接甩给了吴阿跃,听说他只接了句:"没事。"从此便每星期开车六小时回老家照顾父亲和年迈的母亲。那时,一米七八的吴阿跃昂首挺胸,双目炯炯有神,皮肤光泽有弹性,脸色红润,头发乌黑,完全一副军官的气质,怎么也看不出已经六十岁了。但十个月后,当老父亲安详离世时,吴阿跃已是白发苍苍,用小吴村村民的话说,阿跃一下子变成了他的老父亲,由此,孩子们遇见他都"名正言顺"地叫他吴大爷了。

　　吴大爷的老父老母是全村的模范夫妻,一生恩爱,可老父亲还是留下八十二岁的老母亲自己先走了,临走前已说不出半个字,但阿跃能深深感知父亲要求他好好照顾母亲的心。就在那

48

一刻,他决定退休后回来陪伴母亲。

母亲分的房子在第二幢的八楼,为了母亲出行方便,吴阿跃主动把楼层换给将要结婚的严阿玖,而且不要一分差价。这事在村里炸开了锅,有人说他钱多,有人说他傻,当然也有人说他孝。姐姐和弟弟责备他拿全家的钱发扬党员风格。而他却回答:"没事,那差价是我的份额,母亲辞世后,这套房子归你俩。"

不管姐弟的意见如何,吴阿跃出资将房子简单装修了一下,便与母亲住到了第二幢0107室。很多村民搬迁时都热热闹闹地买猪头、买全鸡全鹅供奉菩萨或祖宗,大张旗鼓地放鞭炮庆贺,吴阿跃却不动声色,从山里蔡大婶处订了四筐大油包,挨家挨户,每户分两个。八个村的村民都说那油包味道实在地道,都说吴大爷是个大孝子。吴大爷却笑嘻嘻地说:"没事,老底子屋里有喜事,邻里们不都要分个馒头的嘛,我也是哄老妈妈开心一下。"

吴大爷入住新居后,发现小区边上的角角落落都被乱石堆砌着,外围田畈还有一些良田荒废着,这些土地虽然也与尚都首府的地块同时被征了,但并没有被及时利用和运作。于是,他买来锄和锹,开荒种地。不久,一些无事可干的农民大妈和大爷也加入了种植队伍,势力范围不断扩张,一年四季各类蔬菜轮番在那些土地上开花结果。尤其到了春季,整个尚都首府被金灿灿的油菜花包围着,飞舞的小蜜蜂嗡嗡地叫着,四周迷漫着一股淡淡的混合香味,那是青草和蜂蜜的香味。周末,还引来一批批的城里人驻足观赏呢。倒也兴旺了"生活便利店"和"老华快餐店"的生意。

吴大爷在田头时是一个地地道道的农民。晚上进家门,变回城里人了。原来,两年前,他女儿全家移民澳大利亚了,老伴也跟着去澳大利亚管两个外孙,只有吴大爷心里装着老家,想着母亲。引用他对女儿的话:"我生你,养你,已尽了义务,你们现在生意都做到国外去了,独立了,飞走了。我要回家陪伴老母亲,那是我这一生必须做的一件事,不能留下遗憾。"

女儿移民后,吴大爷随老伴去过一次,住了半个月。那天,他独自走在悉尼大街上,乘地铁要回去时才记起自己不懂英文,怎么办?就坐在地铁口等待。等谁?等华人呗。不久来了一个东方脸,一问才知是日本人;继续等,第二个开口的是韩国人,也问不出所以然,最后总算等来一个说中文的,更重要的是,那人居然也是文城市的。异国他乡逢故人,把吴阿跃激动的啊,但对方好像反应冷淡。原来,人家移民八年了,早视澳洲为故乡。回到女儿家后,他严肃地把小夫妻叫到跟前,提了一个要求:无论你们入哪个国籍,都要记住自己是中国人,要努力为祖国做点事,要让孩子学会中文。

虽说吴大爷让女儿女婿记住自己是中国人,却推荐尚都首府的村民用澳洲的东西。女儿在国外开了个外贸公司,专门经营澳洲产品,尚都首府的村民拿到的澳洲产品都只是成本价,远低于人家海购的,那些绵羊油、奶粉特别畅销,吴大爷在小区内专门建了个群,后来,这低廉的商品不光在整个小区内疯传,估计村民们的亲戚都加入了吴大爷的澳洲团购群,一群不够发展到二群,二群不够,已发展到三群。老伴打来越洋电话,让他适可而止,吴大爷只打哈哈:"没事,让我们农民也用用澳洲的好东西嘛。"

没事的吴大爷在小区内做的事实在太多了。他种的菜也多,母子俩消化不了,多余的就放在门卫老邵处,每每不到半小时就被瓜分光了。当然,吴大爷家的楼道口经常会出现土鸡蛋、海鲜、水果等各类食物，一年四季不断。

吴大爷也好钓鱼，但不去老范家鱼塘，而在四周的小河沟里钓或蔡大婶家的小山村溪坑里钓，多余的照样放在门卫任人取走。村民的觉悟在吴大爷的带领下似乎提高了不少，据说从来没有出现过因为拿这些东西而打架的。以前可听说过小区内有吴家养了鸡，跳到严家刚好晒出的被子上，拉了一泡屎，闹到110出动的事。

小区外曾有人租了个店铺，专门售各类保健床，一下子，原来坐在门卫处聊天和打牌的村民都被吸引走了。吴大爷知道后，不知从哪儿买来两张按摩椅放在门卫让大家免费使用，他的老母亲带头，经常在那儿边晒太阳边按摩边和邻里唠嗑，似乎已把恩爱多年的老伴抛到九霄云外了。不久，那家保健店自动消失了。

前段时间，村民和物业矛盾升级，原来是第五幢进口处的灯坏了，物业没及时维修，监控视频显示是周小龙喝醉酒时故意踢坏的，把灯柱弄坏了，灯泡里的线连不上，自然就不亮了。物业要求周小龙赔偿，但周家夫妻都没打算赔的意思，拖了几个月，虽然吴大爷进出都不需经过第五幢。但有一天，他与阿根叔一起研究，买了配件，摆弄半天，还真的重新把那个灯给点亮了，陈经理微红着脸抱拳向吴大爷说："不好意思。"吴大爷却乐呵呵地说："没事，我是怕那些老年人晚上不见光亮会摔跤，折腾不起。"

据初步统计，尚都首府里至少有四百位老人，其中八十岁以上的孤寡老人就有二十多位。三年前，吴大爷出钱请"阿华快餐店"边上"阿利理发店"的小伙子们定期给那些孤寡老人理发，老人们可开心了，尤其是个别老妇人，一辈子没进过理发店，还要求烫一下。那些年轻的小后生都很乐意，给老妇人们打扮得个个精神倍增。有些行走不便的,他们也隔月上门服务。两年前,阿利对吴大爷说,这理发钱他不要了,就当是店里的学雷锋活动。为此,这个长期的"活雷锋"店,吸引了文城市电视台的视线。记者来拍专题片时,理发店老板阿利说:"吴大爷才是活雷锋,我们都受他老人家的言传身教呢。"于是记者们去找吴大爷,吴大爷却说:"没事,没我的事,都是小伙子们自发干的!"

所以,有时大家会在背地里讨论,担心吴大爷会不会有一天回上海或去澳洲。

我想无论吴大爷走到哪里,小区里的村民都会牢牢记住他,就像记住他们曾经拥有的土地,深情而恒久。

时尚女人

她是城里人,已经搬走了,但村民却牢牢记住了她。

她,曾住我妈家楼上,顶层。

其实,她是我们村的原住民,父母去世得早,她是独生子,房子被征后,自然留给她了。她要了面积最大的一百三十六平方米的户型,两套,并且把两套打通并作一套,比小区里住的那些官员的房子都宽敞。

她好像是个单亲妈妈,但每当她的摩登高跟鞋声在小区里响起时,都会引来众人关注的目光。

瞧,她穿的是绿色高跟鞋,配的是黑色长袜,着灰色羊毛格子长裙。身后是九岁的儿子,三年级。儿子身着橘红色校服,下配阿迪达斯运动鞋。她的衣服一般都是国际奢侈品牌,儿子的自然也要以名牌相配,有其母便有其子嘛。而且母子俩相貌都较好,我曾与她开玩笑:"你儿子以后娶老婆的标准就是你这样的。"她也笑了,笑起来露出一排洁白的牙齿,但她从不像普通村妇那样哈哈哈地放肆大笑。

她父母是大上海的知青,而她爷爷本来就是我们村的,新中国成立前去上海做生意留在了那儿。知青父母婚后一直留在我们农村白龙中学教书,听说她的母亲特别爱看书。现在她的新居里也专门开辟了一间书房,藏有各类图书,还有一些线装书,是她外公留下来的。传闻她外公曾是我们县闻名的藏书家，"文革"中受迫害而死，很多书都不知去向。而她读过的书超过一万本。于是，我在心里默默地计算了一下，她才四十岁，那一万本书是怎么啃下来的？难道她从小就爱阅读，难道她的业余时间都用来读书了？好像也不是，她每天换不同的衣服穿，不同的高跟鞋，一年三百六十五天基本不重复，围巾也有数百条吧，有时冬天还挂两条，外面一条羊绒围巾，脱了外套，里面是一条丝绸小方巾，如此讲究的女人，你说，哪有时间阅读呢？我不信，但还是不得不信。凡是我能说出的书名，她都知道，包括《人间词话》《红楼梦》《平凡的世界》。她不光知道书名，里面的人物和情节也都可娓娓道来。我的内心很是佩服这个精致而独立的女人，一直认为她是尚都首府里与众不同的人物。

某天中午时分，她开来了一辆红色的跑车，懂行的人说这辆奔驰至少六十万，比她之前开的宝马要贵二十万。我不懂车，那会儿把车给了前妻。一次，在公交车站等候，她见到我便停了下来，问我去哪儿。我说去市区的书城，她说带我过去。我便毫不客气地乘入。车内有一股清新的桂花香，哦，这是我常在她身上闻到的那个香味。我曾拜访过她家，她的卧室内右前方有一个小摆台，上面全是各类香水和口红，全进口的。我问："用得过来吗？"她笑了，随手拿起一瓶往我身上洒，惹得我妈晚上用疑惑的眼睛看了我半天，以为我真的在外面干坏事呢。坐进豪车，我即羡慕起来："哦，这奔驰坐着真舒服啊。"她知道我说的是真心话，但还是说："这不算最舒服的，几百万的豪车，那才叫舒服呢。"我哈哈笑了："反正，我坐一回你的豪车便知足了。"她依然以那种高雅的微笑回复我。然后，我又问："你是做什么职业的？"可能问得有点唐突，但说出去的话如泼出去的水再也收不回来了。

她一边开车一边淡淡地答:"我在一家房地产公司任财务总监,还兼职做一个美国养生保健产品的直销,要不,什么时候我给你普及一下养生知识吧?"她说得风趣而轻松,但我自嘲:"我现在一无所有,买件衣服还要考虑许久呢。"她说:"你现在不为自己的健康着想,等真有病了,付出的钱会更多。"我知道她说得有理,可能她也就是这么做的,否则明明四十多岁,看上去却只有三十岁的模样。当然,不光是嫩,她的整体气质在整个小区无人能及,估计白龙镇上都无人能及。

一个初夏的夜晚,太阳下山时,小区里就传言,有一辆白色的保时捷在第三幢楼下停了好几个小时,里面坐着个女人,一个时尚的戴着墨镜的中年女人。半夜,邻里听到 8003 室有激烈的打骂声,接着是救护车的声音。听说,白车里的时尚女人上楼打伤了红车的时尚女主人。

很长一段时间,我妈说没有再看到时尚女人。我几次上去,都看着她家门口那副精致的对联发呆,我想,这对联上的毛笔字不会也是她写的吧? 我知道她从来没有真正与小区的任何居民有实质性的联系。

待她再出现时,依然是摩登的高跟鞋,只是全天戴着一副墨镜。

不久后,她出售了小区的房子。

颤抖的手

时尚女人出售的房子卖给了从武城县回来的严宏天。

听说严宏天也是个大官，可能比东周村的周大鹏还大。

他于三年前辞官回乡，举家迁往尚都首府。

什么原因，大家都不清楚，外面风言风语却不少。有人说他因身体不好才回老家的；有人说他被上级领导难看掉了；有人说他贪污腐败，作风不正，不得不辞职回家。只有严宏天的老婆知道，丈夫辞职另有原因。

那么，严宏天到底是什么官位呢？他原是北面武城县县委办公室主任，也就是说他直接为县委书记服务，是每天陪在县委书记身边的红人，全县官员见到他都矮三分，都要向他低头示好。如此要职，怎么说辞就辞了呢。

严主任的老家就在咱南严村，但因从小离家在外读书、工作，老家并没有他的房子，不过，他的两个兄弟倒同时住在尚都首府。

听说，严主任在屋顶层种了各色蔬菜、花卉。邻里们偶尔能看到，来探望严主任的人都会从车子里搬下各类奇花异草。有一次他家楼上渗水，物业的陈经理上去过，陈经理回来到处宣扬，说严主任家装修并不奢华，但家具件件是南洋红木，楼顶上的花花草草他看也看不过来，数也数不清，他都不认识。还有些盆景,听说其中一盆值一百万元。不知真假,如果真的,那严主任还不是贪污犯吗?当陈经理这么说时,边上有人马上阻止:"这种话可别乱说,要吃栗子头的。"

几天前,严主任的老婆原来那辆白色的高尔夫不见了,换了崭新的黑色凌志跑车,据说要五十万,款式很潮,特别惹眼。大家虽背后有所议论,严主任老婆快超过她家原房东时尚女人了。听说,严夫人是某保险公司高管,大家又认为她开这样的豪车好像也不过分,但又认为这车应该由严主任来开。可严主任来了三年,从未见他开过什么车,他家似乎也没有第二辆车。更有意思的是,严主任有时去菜市场,穿的不是老北京布鞋就是发旧的运动鞋,有人说他儿子在美国留学,严主任穿的运动鞋都是儿子的旧鞋,他的衣服也很随意,以休闲运动装为主,倒是他妻子偶尔着高档时装,但总的来说,夫妻俩与平头百姓差距不大,见到邻里都会主动招呼。小区里的邻里挺喜欢他们。但喜欢归喜欢,大家也感受到,他们夫妻随和的背后,与其他人有着深深的距离。他俩从不随意与邻里交头接耳,更不会说道任何事。当然,他们对邻里无需求,自然不需要说道什么,有需求直接对物业公司说就行。而邻里也无需求于他们夫妻,自然也不好随意说道什么。即使想说道什么,人家不在位了,怎么还去说道什么?不会!

很久不见严宏天下楼了。

妻子买新车后第二天他下楼了,他的头发差不多全白了,邻居们很好奇,以前他是花白的头发,年不过五十出头,却像只沧桑的白头翁。还有他那个右手抖动得更厉害了,虽然严主任下楼时总把右手放进裤袋里,但明眼人还是看得出来,他右边裤袋一直在抖动,不是手机,是他插进去的手。以前,小区里有人出售自己钓上来的河鲫鱼,严主任若刚好下楼,也会买,他就会用右手拨动河鲫鱼,边拨,那手一直不停地抖动,邻里们当时就觉得有些怪。其实,除了这个,只要稍微留心一下就会发觉,严主任家十二楼的卧室,灯都是通宵亮着的。他哪怕打个盹也必须把灯都开着。

三年前,严宏天酒后驾驶,当场撞死了一名外来打工者。但他用权和钱做了手脚,把事故原因认定为对方闯红灯。出事的第一时间,严夫人拿了10万元钱给死者的妻子,后来又赔付了20万,同样是打工者的死者妻子,拿着"巨款",带着孩子回贵州老家去了。

事故在三年前就解决了。严主任却天天梦见一个血淋淋的恶鬼向他索命,晚上根本睡不着,以致他白天无法集中精力上班。后来,他不得不辞了职。

当他回到老家的第一晚,感觉挺好,生他养他的老家是最亲切最安全的地方。然而睡了三年安稳觉之后,严主任还是被捕了。

关于酒驾的事件,是在严宏天被逮捕后,小区村民零零碎碎听来拼凑的。那本该掌握方向盘的手,的确因不由自主的颤抖而不能开车。不知道进去后的严主任,手还会颤抖吗?

乘　车

车来了。

"早啊,师傅,天气变冷了哦,一下子从夏天到冬天喽!"汤大妈边说边挤上了公交车,对着司机师傅笑成一朵花。

师傅只淡淡地点点头,似笑非笑。或许,他心里在回答:"您来了就来了吧,不一定要说点什么的,没看到这么多人,我忙得很嘛。"

虽然司机没说什么,但每次汤大妈上车后他就会自觉按响车上的那个键。于是车厢里便响起一句话:"请给老弱病残让个座位。"

时间正好七点三刻,上班高峰期,车上大多数是刚入职的年轻人。很多老人出门都在七点前,因为老人起得早呗。而学生呢,比老人还早,因为学校抓得紧呗。可偏偏,汤大妈每天就爱选择在这个时间段出门,为什么呢?很多年轻人想不出所以然。因为汤大妈总是乘那趟车,那些长期坐这趟车的上班族都已认得她。当然,每天也有陌生的乘客来客串,完全正常。

司机的键摁了三次,还是没有人让座。汤大妈环顾了一下车厢,今天车上的乘客不多也不少,站在过道上也就十来个人,老人就她一个,还有一个孕妇,当然是坐着的,或许她上来的早,本来就有空位,或许是别的年轻人让她的。在第三遍广播结束前，汤大妈基本看清了坐着的那些年轻人，基本是熟面孔，其中有一个陌生的年轻男子戴着墨镜，头朝窗外看着风景，身边趴着一只可爱的狗狗。

汤大妈紧张地站在车厢中央，她的左手朝上拉着环，右手拎着一个火红的帆布袋，里面是一罐油煎咸带鱼，两包自晒的干菜，菜都是给上小学一年级的小外孙吃的。袋里还有一包卫生纸、一把雨伞，这两件是出门必带之物。身上还背着一个仿版的LV斜挎包，里面有公交卡、退休工资卡、现金、手机、一大串钥匙。女儿曾嫌她土，她就嚷：那你找个保姆来，谁还愿意天天从城里往你们乡镇跑的？汤大妈真不明白，好不容易培养出一个大学生，可偏偏往农村跑，考了个小吴村村干部，现在是尚都首府小区主任，女婿是白龙镇卫生院院长，原是北径村人，所以小夫妻的生活也由边上的婆婆照应着。谁知去年刚满六十岁的婆婆居然得了肝癌，两个月不到就走了，一家三口的小日子顿时变得暗淡无光，手忙脚乱。于是，汤大妈每天只能下乡了。

"咔"一声，汽车来了个急刹车，前面有一电瓶车快速抢道。汤大妈连人带包，摔向了右边座位上一位正在刷屏的姑娘，老人的身子正好撞在姑娘的左肩，对方投来嫌弃的眼光。汤大妈轻声说了句对不起，向姑娘抱歉地笑了笑，赶紧再次拉住扶手，重新站直了，腿有点颤抖，甚至听到了骨头咯咯作响的声音。其实，她站着时最怕紧急刹车。

不到三十秒，汽车重新前进，又一个惯性动作。这次，汤大妈的身子向前倾了一下，挤到了同样是站着的一位三十岁上下的男子身上，男子回头瞪了她一眼，扭开身子往前移了一移，似乎大妈身上带着臭味。汤大妈心想：你家没老人吗？这么不尊老。可那男人，眼睛朝前再无回头望她一眼的欲望。于是，汤大妈本想说的那句对不起也生生地咽下去了。而这时,汤大妈才发现手上有温热之感,原来她后面一位少妇模样的女子也随着惯性挤在她身上,她正喝着早餐豆奶,那豆奶略温。亏得是略温,否则大妈的手要被烫伤了。汤大妈正想说什么,少妇倒先开口了:"对不起啊,老奶奶。"汤大妈的嘴张了半天答不上话来,她平时并不是一个斤斤计较的老人,可今天一大早被年轻人嫌弃着,心情真的不好,她翻了翻眼,回:"我六十还差一岁呢,你一个三十出头的人,怎么叫我老奶奶?"对方答:"我也才二十七岁啊。"边上的中年男子发出轻轻的笑声,姑娘朝那个中年男子投去鄙视的眼光,潜台词就是你一个大叔,有什么资格笑我?汤大妈想:哎,算了,如果自己接话再接不好的话,肯定要吵起来了,于是,改口又笑成一朵花:"对不起啊,姑娘,是大妈眼拙。"这时,少妇变回姑娘了,倒显得不好意思了,也回道:"大妈,我刚才不是故意洒你手上的。"汤大妈仍笑眯眯的:"当然不是故意的,没事,没事。我也挤了前面的人。"大妈说着又看了看前面的男子,但这个男子依然无视她们。

"叮咚",车终于到站了,汤大妈在车上花了四十分钟。下车时,她才发现那个戴墨镜的年轻人是盲人,那狗是导盲犬。公交与地面的距离比较高,导盲犬走在年轻人的前面,提前伏卧在地上,让主人先踏在它的身体上,然后安全过渡到马路的水泥地上。

汤大妈跟着那个盲人和狗,走了一段路后才进入女儿家的尚都首府。小区门口的村民熟识地与她打着招呼:"城里外婆来啦,你真是咱小区最勤快的外婆哦,为我们农村带来城市的气息。"村民热情地赞扬着汤大妈,此刻大妈早把车上的一切不愉快抛之脑后了,内心澎湃不已,脸上又笑成了一朵花,脚步也有了风声。

　　打开门,墙上钟显示八点二十五分,女儿女婿都上班去了。
汤大妈是来负责外孙十一点钟放学后的那个中餐的。

妈妈养的

中餐时间还未到,坐在工作窗口的徐小文肚子里就发出了"咕噜咕噜"的叫声。

她再一次想起了妈妈。

自怀二胎以来,她思念妈妈的情感越加浓烈。尤其是肚里孩子踹她一脚或肚子发出求食的信号时,她都会想,要是妈妈健在,这个点肯定会提醒她该吃点什么了。

小时候,妈妈是人民教师,总是很忙,来去匆匆。很多时候,她都是跟在奶奶后面。奶奶是个地道的农村妇人,对妈妈有成见。所以,她一直是在奶奶诉说妈妈诸多不是的环境中长大,即便后来慢慢长大,与妈妈还是显得有隔阂。

记得那时,妈妈下班回家,做完饭就让徐小文自己吃,她匆忙扒几口,就在边上备课或批改作业,还常常去家访,有时候夜里也去。于是,徐小文经常故意哭闹,希望引起妈妈的注意,但妈妈总是拍拍她的小脸说:"小文乖,去爸爸那儿,妈妈很快就回。"可爸爸总是命令徐小文去隔壁奶奶家。等妈妈回来时,她早就睡着了。第二天,还未醒来,妈妈又早早地去上班了。虽然,妈妈的学校就在镇上,但奶奶从不带她去。有时,她会请求爸爸带她去妈妈学校,可奶奶说,爸爸比妈妈还忙,千万别累着爸爸。于是,她只能在家里与小狗、小猫玩。

不知道为什么,奶奶在妈妈面前很少说话,即使妈妈主动喊奶奶,奶奶也不爱搭理,好像一下子奶奶成了聋子,而只要妈妈在屋外对旁人说一句什么话,奶奶又会清晰地听到,甚至马上传达给小文听,说妈妈对别人好,不关心家人。在小文眼里,妈妈好像真的变成了爱邻居而不爱家人的妈妈。小文总也想不明白,为什么会这样。奶奶还经常在爸爸面前骂妈妈。而爸爸也常在奶奶离去后,待妈妈回来时就吵架。有一次吵得很凶,妈妈伤心地哭着走了,爸爸没去追,小文也哭,爸爸就抱着她来到奶奶家。

　　后来,妈妈回来了,但从此爸爸和妈妈没有在一个房间睡觉了。她和妈妈睡里间,爸爸睡外间。而且,她成为父母间的传话筒,特别的别扭。哪怕后来奶奶去世了,爸爸也没再与妈妈睡一个房间。

　　直到徐小文结婚后,有了第一个孩子。那年,妈妈刚好从白龙镇中心小学退休。妈妈兴奋地对小文说:"总算我也做外婆了。你总说我没好好养你,这下,我一定好好养外孙女。"

　　于是,妈妈的退休生活变得很简单,每天从镇上买好菜,骑一刻钟的电瓶车到女儿尚都首府的家。甚至连女儿女婿的早点也是妈妈前一晚亲手准备的。第二天早上,她们都还没起床呢。妈妈就进门了,而且外孙女从小到大的吃喝拉撒全由妈妈包揽了。有时孩子病了,徐小文和老公才搭把手。婆婆远从江西过来,住了几天,都说:"你妈真辛苦,你们做小的一定要好好孝顺她。"妈妈笑了:"一家人,说什么辛苦不辛苦的,我退休了能帮孩子们干点什么,心里开心着呢。年轻人应全力把事业做好。"妈妈说这话时,徐小文忽然记起,奶奶说过,妈妈的事业做得不好,学生和家长都不喜欢这个老师。或许,现在的妈妈是和蔼可亲的,当年的妈妈并不可亲。她真不知道,记忆始终有点模糊,因为以前与妈妈的交流太少太少。

出嫁那天,小文明明看到妈妈流泪了,奶奶也流泪了,可奶奶说:"你妈是装的,她从来没养过你。"这话奶奶当然是说给她听的。二十四岁的她似乎还未长大。

半年后,奶奶遇车祸,现场惨不忍睹,是妈妈流着泪亲手把奶奶的尸体拼接起来,姑姑揣着手远远地在边上瞎指挥。

其实,当妈妈说要来养外孙女时,徐小文的心不冷不热。是婆婆的话提醒了她,你妈妈老了,你们该孝敬孝敬她了。

可谁会知道呢。在女儿上小学一年级时,妈妈突然住院了,半月不到就撒手而去。事后,她们才知道,妈妈一直背着家人吃药,三年前的退休教师体检中就查出病来了。

妈妈走了,她才发现自己又怀上了,现已六个月。

"小文",一个陌生而熟悉的声音叫醒了她。是那个戴眼镜的中年女人,来提取公积金的,已连续三年了。第一次来时,那人看了她半天,就报出了妈妈的名字。说她长得太像邵正丽老师了,如此的漂亮。第二次来时,那中年女人让她带给妈妈一个笔记本和一盒礼物,说下次去看妈妈。妈妈那晚一直在读那个笔记本,连晚饭都忘了做。妈妈问:"我的学生在哪?"她说不知道,好像是帮别人办事,拿的是单位证明。妈妈说这个学生读书时特别寡言,有一次妈妈在楼下上课,上面办公室煤油炉上煮的大闸蟹烧焦了,因为当时学校是木结构寺院改建的,那学生是第一个闻到焦味的,大叫一声就跑了上去,用水浇灭了炉子。妈妈叮咛说下次她来时,一定要留个电话。

今天妈妈的学生又来了,妈妈却已经永远地走了。

以前,那女人总是笑,一遍遍说她像极了妈妈。今天,那人一脸的沉重,看着她,看着看着,眼圈慢慢地变红了,泪水终于流了下来,然后,低下头,慢慢地提上来一盒大闸蟹。

她站了起来。

当对方看到她凸起的大肚子时,突然问:"第一胎是妈妈养的吧?"

霎时,徐小文的泪水汹涌而出。

阿志的房子

凶神恶煞的阿志是什么时候从里面出来的,村民并不知情。

大家只知道,五年前尚都首府分房时,阿志家那张房票是一位姓刘的中年男子来抓阄的,抓到的位置不错,第三幢的3106室。听说阿志那张票卖了十万元钱。现在,这套房子升到了六十万元,而那中年男子的父亲老刘成为小区居民也快三年了。

可那天,大家看到老刘哭丧着脸在搬家,有熟识的邻居问:"怎么了?"老刘抬头看了看邻居,摇了摇头。老刘的老婆是个六十出头的妇人,退休工人,她的泪痕还在脸上,尖锐地叫着:"坏人得天下,坏人得天下啊,明明五年前就卖给我们的房子,说收回就收回去,哪里还有王法啊。"

阿志是谁,陈池人,四邻八乡无人不知也,一个地地道道的赌徒。也是尚都首府里至今唯一一个"三进宫"的村民。

其实当时阿志分了两套房子,一套卖给丈母娘家那边的亲戚徐小文,徐小文的妈邵老师是他的班主任,一位令人尊敬的好老师。虽然,邵老师已过世了,但阿志哪敢去要!而且,妻女跑到丈母娘家去了,他还想把她们接回来呢。所以,这种缺德事,只能向老刘家开刀了。

阿志的妻子是南严村的欣儿,当年,阿志追求她时,整个生产队的村民都不看好,欣儿家祖宗三代都不同意这门亲事。一是阿志爱赌，二是阿志父母在前几年相继过世，村民说他父母早逝与阿志的赌博分不开。但也有人说阿志对父母很孝顺的。不管父母是否同意，主角欣儿自作主张同意了。她妈使尽上吊自杀、断绝母女关系各种手段，欣儿还是跟着阿志走了。

半年后，阿志带着大肚子的欣儿回来了。父母无奈，只能匆匆给他们补办了婚礼。结婚那天，阿志给了丈母娘一个红包，说真的，丈母娘压根儿没想过经常赌得吃了上顿没下顿的阿志还能拿出一笔丰厚的嫁妆钱，居然是一张二十万元的存折。丈母娘拿着这张大额存单流下了一大串眼泪，不知是喜还是忧。

不久，一名可爱的女婴诞生了，阿志对女儿极其疼爱，可赌博上瘾的事没法戒。再说了，阿志当时在场子里当差，哪有常在河边走不湿鞋的。奇怪的是，欣儿好像从来不阻止阿志混赌场，或许，她劝过没用。反正村民都知道他丈母娘来了，每次都要骂阿志，让他要有当爹的样子，阿志从来不顶一句。其实，丈母娘也知道，阿志每次把赢来的钱都交给欣儿了。一旦输了，就自己想办法去外面苦干一年或两年，债还清了，再回到妻女身边。他第三次"进宫"那次输得实在太大了，一百多万啊，黑社会放高利贷的人天天追着他，当然也追到他家里来，阿志把黑社会的人打伤了，村民都说，其实，阿志本身也是黑社会一员啊，他平时也替赌场放印子钱的。于是，阿志把当年快要拆迁的房票都出售了，说是还赌债，但只有欣儿知道，阿志把那二十多万元房款都存在了她的名下，然后夫妻俩办了离婚，欣儿带着女儿住到了娘家。谁知，没几年娘家也拆迁了，都安置在尚都首府。如今虽住同一小区，但丈母娘是不会轻易同意他们复婚的，阿志也感觉无颜见老人家。于是，只有先把这套原先出售的房子给拿回来。可房产证上已写了老刘的名字，老刘是文城市一位退休工人，房子是他儿子出钱买的,儿子是市里某局的一位副局长。听说,阿志正是找到了老刘的儿子,最重要的是阿志没有拿出一分钱,就把房子要回来了。

　　老刘夫妻搬出的第二天,阿志就入住了,欣儿母女并没住过来。阿志天天到离社区十多公里的山里干活。听说在帮山农挖冬笋,挖冬笋是苦活儿,大家都知道。还听说阿志和山农一起做松花团,绞豆沙馅,都是手工活,人家的松花团卖两元钱一个,阿志他们做的松花团卖三元钱一个,听说城里也有人来订制,阿志他们每天能做八百只松花团。后来,天气转暖了,阿志和山民一起做起了青团,价格比人家高一倍,还供不应求。接着,听说阿志在山里包了些山地,开始养鸡养鸭了,小区里见过阿志的人都说,阿志那双布满青筋的手已远远超过他的年龄了,有人就劝欣儿原谅了阿志吧。欣儿不正面回答,心里却顿感春天真的来临了。

　　不久,村民看到欣儿在大山里与阿志一起干活,但村民关注的并不是阿志夫妻的复合,依然奇怪老刘的这套房子为什么会还给阿志?

　　有传言说阿志曾派了四个戴墨镜的壮汉每天守在老刘儿子家楼下,并天天跟踪刘家儿了和儿媳妇上下班,只跟不说一句话。

　　两星期后,刘家儿子让老爹老娘搬离了尚都首府。

天经地义

女儿要搬离娘家了。

母亲秋老师满心的不舍与心疼。

婚礼前一晚,秋老师将女儿叫到卧室,细细地叮咛了她一番,最后一句:"凡有好吃的好用的先孝敬你的公婆,别拿回娘家来。"郑小糖点头称是。

婚后,郑小糖基本是按母亲的话做的。长年累月,婆婆全身上下穿着都是她给添置的,偶尔也给自己的母亲买一套,母亲便会说:"我们家有吃有穿,你不要再拿来了,都给你婆家去吧。"的确,婆家的条件在农村连中等都算不上。母亲说,爱婆家人便是爱自己的老公。女儿想,母亲是这么做的,怪不得父亲如此爱她。

第一次遇到尴尬是因为那天婆婆的亲妹子来串门。婆婆恰好穿了件紫色的棉袄,是她前不久刚买的。阿姨眼睛似乎有点红:"姐,这件衣服真好看。小糖给买的吧?"婆婆的脸上掠过一层浅浅的笑意,轻声说:"我儿子赚的钱多,孝敬娘是天经地义的。"她站在婆婆的身后,进退两难。

是的,小糖的丈夫是建筑公司项目经理,长年累月奔波在外,虽然工资不低,但其中的辛苦做娘亲的不知体谅过没有?她心里第一次这么怀疑婆婆。

恰时,大姑子风风火火地来了,还未放下电瓶车就破口大骂:"这个老不死的东西,明天再去骂他!"阿姨不解,问:"你骂谁哪?"婆婆对自己小妹说:"当然是她的公公啊。那个老东西,自己儿子家的事不帮忙,居然到老华家快餐店去当帮手。真拎不清,他以为老华当他恩人了?我看,他是看不起自家儿子儿媳妇。"阿姨说:"自己生养的孩子,怎么会看不起呢?"大姑子骂得额头上的青筋都快爆裂了,差不多把周家十八代祖宗都骂上了,就怕尚都首府的人没听见:"我刚刚把那老不死的家里的玉米和南瓜全都拿到菜场卖掉了,我一分钱也不会给他的。"阿姨不是别人,就劝外甥女别再咒骂了,邻居听到了不好。

这时大姑子家的姐夫来了,就是周阿龙的儿子小龙。一位三十多岁的年轻人,低着头看地面,似乎犯了大错,走到岳母身边(也即婆婆),弱弱地解释:"妈,我爹给华斌哥帮忙,他们给工钱的,他还把工钱拿来给我们,给我们家小妞花呢。"岳母回道:"你女儿跟你姓!跟你父亲姓吧?爷爷的钱给孙女花是天经地义的,有什么不对?你这是来怪罪我女儿?"小龙的声音比蚊子的叫声还要轻一点:"可我父亲年纪大了没有其他收入啊,菜也是在被征土地上偷偷种的,再说还有一个老奶奶要供养,我们一年到头也只孝敬他们两箱咸趣饼干,叫他怎么生活啊?"可大姑子还是听得一清二楚,她呼地一下蹿了出来:"怎么不可以生活?你爸有好手好脚,不是还在做海鲜生意吗?他有多余时间不好到我们超市来帮忙啊,我们还雇别人干活呢。"

阿姨在边上似乎真看不下去了,上前劝解:"你们夫妻还年轻,也一直在努力挣钱,何必与老人计较钱的事呢?"

婆婆一个横眼剜向亲妹子:"你不知道他们家情况,别多嘴!"

阿姨的脸变得尴尬,略有点潮红,只好学小糖一样,站在一边,闭上了嘴。

其实,这样的情景何止一次,小糖结婚以来,看得太多太多了。

她有些麻木,好多次回娘家很想把这样的景象告诉母亲,但后来想想婆家的丑也是自己家的,不外道最好,哪怕是自己的母亲。再说了,邻里还都说婆婆是个"精明得体"的人呢,要不,父母怎么会舍得将独生女儿嫁到严家?

终究,婆婆气焰太盛,血压血糖都升高,住院了。小糖边上班,边照看婆婆的一日三餐,亏得家、医院、单位都在附近,一圈不超过十公里。可谁知这次婆婆一住已二十天了。那天早上小糖感到特别的困,都起不了床。就打电话给远在省外出差的老公:"亲,今天我身体不适,能否让你姐帮忙给妈妈送早点?"老公在电话里说:"这么小的事,你自己想办法克服一下吧,我姐这个人你是知道的。"小糖本想主动请大姑子严玲帮忙的。可婆婆刚入院时,大姑子来过,丢下一句:"我是嫁出去的女儿泼出去的水,小糖,你就辛苦点,姐不是不帮你,隔壁邻居会说你这个儿媳妇做得不到位,影响你在小区的贤德之名,而且你家父母是小区里最高尚的人。"小糖好想回她一句:"你一个嫁出去的女儿,为什么占尽了娘家的钱财却不尽孝道?"话到嘴边未出口。毕竟是一家人。更何况婆婆明明是倾向大姑子的。儿媳妇算什么呢?

可三天后,郑小糖在婆婆的病房前晕倒了,被护士扶起来。一查已怀孕六十六天。秋老师急急地从白龙镇中学赶往医院。在病房外却听到亲家母在自己妹妹那儿不停地说着小糖的种种不是。最后一句话:"儿媳孝敬婆婆是天经地义的,怎么,我也没让她做什么,就怀个孩子,那么娇气呢?我也生养了两个从来都没晕过。还教师家庭出来的孩子,什么风气啊,真的是社会风气不好! 加上家风不好!"

秋老师没进病房,直接找到女儿把她接回了家。并且把听到的话告诉了丈夫郑老师。

小糖的委屈全面爆发:"你俩老是说什么正义,什么孝道? 在他们家一切都是令人作呕的,根本没理可讲,他妈和他姐满嘴歪理,却一定要把自己的歪理说成正理!"

从此,秋老师再不敢在女儿处说教了。

四年后,周小龙被查出恶疾,虽然一时半会儿看上去控制住了,有人说,这是被他妻子折腾出来的,也有人说周小龙的命不好。

是啊,农村人讲究娶什么样媳妇,也讲究嫁什么样的人家。门不当,户不对,意识上的完全不同,怎能相互融合呢。

秋老师一直很担心女儿小糖的生活。

但谁能想得到呢? 小糖的婆婆正在对自己的妹妹说:"早知如此,当初在婚前该去白龙中学打听一下亲家的底细。知识分子家庭就是没有我们农民善良!"

干 妈

母亲说干妈是个特别善良的女人。

可小时候,我真不喜欢干妈。

如今,干妈老了,每天在小区门口的活生便利店聊天或在老年活动中心搓麻将,我倒更愿意亲近她了。

干妈站在便利店门口讲得最多的是她在食品商店工作时的辉煌岁月。我想,当时母亲让我认干妈的真实原因就在于此吧。

四十年前,谁家有多余的食物?没有!买一个大饼也得要半两粮票,买一斤白糖得有糖票,买一块布更要配布票。而干妈,作为食品商店的工作人员,是咱贫苦百姓眼里的"大红人",掌握着全乡(当时我们这儿叫白龙乡,二十多年后才改叫白龙镇)周边几十个村几万人口的吃喝穿着,只要你去乡中心赶集,看到干妈这样的工作人员,都得点头哈腰,挤上一堆本没有肉的笑脸,就希望在买红糖时她别给缺了两少了称;买白酒时给开封一坛新的而不是失香的底脚料;打煤油时那勺子里加得满一点。如我家这般条件差的,是不可能去买白酒和红糖的,但我见过隔壁吴大娘家的味精,听说凡是放过味精的菜味道完全不一样,那个鲜啊,让你直流口水。吴大娘是咱农村少有的知识女性,可我还是觉得吴大娘没有我干妈来得吃香。那年头,人穷、干净、简单、很少得病。巴结吴大娘的人当然没干妈的多。我家难得赶一回集,那也是卖家猪的日子。猪身上被花了几刀后,便意味着成交了,然后母亲便带我和姐姐买一副大饼油条,虽然心里还是很心疼养了一年的家猪被人拉走了,可大饼油条味道真的很诱人。当然,大饼油条再好吃也不如城里人的饼干好吃。其实,当时食品商店里已有饼干可售,那也是在吴大娘家里见识来的。于是,母亲便带着我去干妈处唠嗑,干妈总会热情地对我说:"好久不见了,又长高了。"然后与母亲说几句不痛不痒的闲话,趁别人不注意时,偷偷地往我这里塞一两块饼干,那饼干有时是圆圆的,有时是方方的,有时压根就是一把碎小的饼干屑。这时,我总是故意往后躲,母亲就皱眉怒视着我,不停地向我乱使眼神,最后还是母亲帮我接过那些碎饼干。于是,回来的路上,母亲又会训我:"你干妈冒着多大的风险给你饼干,你还装什么装?别吃了,都给你姐姐吧。"而这时,我还是忍不住馋嘴。当然,再次赶集时,我又不想进干妈所在的那个高大上之地。

一天,母亲说,你干妈捎口信来,让你去她那儿一趟。我不要去干妈上班处,就去了她家。其实,干妈与何南妈一样,与母亲都是发小,一起编麻绳,一起绣花枕,只是干妈嫁给了本村一名会计。小时候干妈家条件好,上过学。用我妈的话说,当时,她与何南妈只在学堂外的窗沿下听听人家上课而已,那学校里只有一个龅牙的老头子当先生,讲的全是方言,但由于长着凸出的龅牙,发音完全不准了。而且他根本不教拼音,直接认字。所以,在我和姐姐开学后,母亲听到我们念拼音,觉得特好听,她也会跟着来学几个。至今,母亲都会说孩子的朗读声是世上最美的声音。小时候母亲也总是鼓励我们大声地念课文。今天,我喜爱文字,估计与当时的朗读有关吧。后来,母亲进城带过我家小儿,她老人家为了与孙子更好地进行普通话交流,带孩子去早教班时,依然偷偷地站在窗外听,很认真,回来还让孙子确认她读得标准与否,听得边上的我直捂肚子,差点笑喷。我曾表态:"您一个农村大妈,该说什么话就说什么话,老都老了,何必跟一个小屁孩学什么拼音和普通话。"母亲看着我半天答不上来。然后我告诉她:"现在我们要多讲方言,那是保护地方文化,否则文城市的方言在你我这两代人中要灭绝了。如果您都不说方言了,不光文城市的方言要消失,更重要的是白龙镇的方言也会快速消失的。尚河村已经消失了,难道真的连白龙镇也要消失吗?"母亲听了我的话呆呆地出神。

扯远了,干妈目前仍只说白龙镇的方言。她见到我的第一句话总是:"小歪,来了。"

话说干妈当年毕业后,被招工到了县商业局下的食品商店。这不,母亲让我去干妈家肯定是好事呢。我要入学了,干妈送我一块的确良布、一本小人书,还有一包小小的橘子糖。听说,那橘子糖只在城里有卖,乡中心的食品商店里是没有的,这是干妈的同事从城里买来送给干妈家小哥哥吃的。我第一次,真正感觉到干妈对我的关照,回来时,我去外婆家拐了一下,给外婆也尝了一口橘子糖,外婆看到这些时鲜的东西居然抹泪了,老人家说:"小歪,好好读书,长大赚钱了,让你干妈花点,别负了人家的一片好心。"

当我参加工作后,确实给过干妈五十元钱,干妈笑得合不拢嘴。我的第一篇文稿变成铅字时,母亲也拿去给干妈看,听说干妈都笑出了眼泪水。今天,我在此专门写写干妈,不知,她看到后会做何感想。

如今,每次回老家,我都能准时在阿三家的"活生便利店"门口看到干妈,看着她眉飞色舞地讲着食品商店的故事,似乎我也回到了那个年代……

蚂　蚁

那个年代,工作真不好找啊。

她,一个农村姑娘,大专毕业,就在镇上就近的个体幼儿园里当辅导员,拿着一千元的月薪,如数上交,却依然要听母亲不停地唠叨。

母亲唠叨女儿的不努力,也唠叨丈夫的无能,更唠叨夫家的赤贫。祖上四代为农,如何改变命运?爷爷奶奶与土地打了一辈子交道,已近七旬暮年,父母在农村种着几亩薄地,平时就在周边私营企业打工。那个年代,人人向往公务员。独木桥上有很多小小的蚂蚁在挤着,都想顺利过河,可最终很多蚂蚁还是掉进了独木桥下的河流中,被淘汰。还有很多小蚂蚁连爬上桥的资格都没有。当然,也有极少数本没资格爬桥的蚂蚁不需要自己努力却靠近桥身,直接过了河,抵达成功的对岸。那遇上的不是权贵之族,便是金钱的掌柜。

严诗就是这样的一个幸运者。

她的叔叔在文城市打拼了十余年,是白龙镇首批致富者,成了当地有名的建筑商之一。各村很多农民都随他去当了建筑工人。严诗的父亲也曾想去,但她母亲不同意。理由是凭什么要为你弟打工?他有钱了应该关照我们。

叔叔每次回老家,西装革履,红光满面。母亲嘴里却不停地唠叨着,指桑骂槐。可叔叔总是上前一步恭敬地叫嫂子,并递上一堆礼物。

母亲并没有因为叔叔的热情而停止唠叨。当然,叔叔是自己人,一个见过世面的大男人怎会与一名农村妇人计较呢。

重要的是,在侄女工作不到半年后,叔叔带回了一张表格,让她填好,还让她带上行李一起去市里。

不久后,也就是那个夏天,严诗顺利"考入"了公务员,母亲的眉间终于有了笑意,爷爷奶奶和父亲的耳朵清净了许多。

经过二十年的奋斗,严诗已不再是当年的那个农村小姑娘,被人尊称为严处长。

村民也早已记不起严处长当年在农村时的情景。如今的严处长,走路昂首挺胸,每一次出现都穿着崭新的衣裳,脸上还挂着一副眼镜,梅梅妈曾问严诗妈:"你家闺女与我们梅梅一起读书时倒没近视,怎么现在年纪轻轻的就戴上老花镜了?"母亲回头狠狠地瞪了梅梅妈一口,也就她母亲能借着女儿的威势敢瞪孙立国的老婆。

对于没见过世面的人,有什么好解释的?严处长从来不屑于和村民搭话,当然,村民主动喊她时,她也会微微地点一下头,就像她正在视察工作一样,脸上似笑非笑,村民基本上是看不懂的。

严处长正和母亲一起走向尚都首府小区的水果店,店铺红底木招牌上刻着"兄弟水果行"几个金灿灿的大字。

这家水果行还真是严处长的兄弟开的,堂兄弟,她唯一的比她小整整十五岁的堂兄弟。

原来十年前,在严处长刚被任命为副处长时,她叔叔被抓了。听说是行贿罪,行的是市里最大的官的贿——市委书记。

书记何许人也？本镇人，与叔叔从小学到高中一直是同班同学呢。当年，镇上很多人到市里搞建筑行业，都是因为有了市委书记的关照。

当然，市委书记也被双规了。

叔叔出事时，严副处长的小胆吊了很长很长一段时间。甚至连她的母亲也变成了惊弓之鸟。

叔叔进去后，倒是干净利落，没有涉及九族之类的虾兵蟹将。

婶子带着刚大专毕业的儿子回到了白龙镇，目前住的也是尚都首府的安置房。市委书记的儿子比堂弟还小一岁，当年也因父亲的权势，不求上进，只混了个职高毕业。于是，婶子拿出手上仅有的一点小钱，租了店面由堂弟和原市委书记的儿子在小区边上开了家"兄弟水果行"。

听母亲说，她经常去关照"兄弟水果行"的生意，这倒让严处长心有安慰。这不，她今天回老家买点水果，顺便也去"关照"一下堂弟。

母亲跟在严处长的后面，一进门就开始挑水果，这个捏几下，那个摇几下，堂弟远远地站在柜台后，似乎没看到这个当大官的堂姐。母亲开始叫："阿玖，这柿子多少钱一斤？"被叫作阿玖的年轻人只是咧嘴笑了一下，不搭话。边上有个年纪相仿的小老板回话了："四元五角一斤。"母亲又说："便宜点，我家的生意全给你们做了，三元怎么样？"小老板说："大妈，不行啊，这个柿子进来都要四元的。"母亲皱了皱眉，表示万分的不信："你这小老板，年纪轻轻的，我不与你争论，我是来关照阿拉阿玖生意的，不是阿玖与你一起开这个水果行，我才不来你的店里买什么水果呢。"

谁知,小老板一下子扔掉了本打算装水果的塑料袋,瞪着眼睛喊:"你说的什么屁话啊？阿玖每次卖给你比批发价都便宜,那是他关照你！不是你关照他！懂不懂?"

　　严处长站在边上始终没说话,见此情景,立即拉了母亲逃也似的走出了"兄弟水果行"。

"公子哥儿"阿瑜

　　"兄弟水果行"的小老板阿瑜的脸上永远摆着一副高高在上的骄傲相。

　　一切缘于他出身在高级干部家庭,他父亲最顶峰的职位是市委书记。引用他人的话说,全市八百万人口,只有阿瑜才是真正的公子哥儿,他是含着金钥匙落地的主儿,是全市最有资格昂首阔步行走在街头的大少爷。

　　从小,母亲如是教育他:你是领导干部家的孩子,不要随便与人说话。记忆中,无论是上幼儿园,还是念中小学,他还真不用主动与人去搭腔,无论走到哪儿总会有人主动抢着为他买玩具,买吃的,买穿的,各式各样的服务应有尽有。

　　如今,父亲从市委大院被提到了监狱,他与母亲也从市区高档的别墅区迁至尚都首府。环境大变,但阿瑜脸上的气魄却未变,似乎整个世界依然欠他。瞧,他正走在回家的路上,小区内的任何风景在他眼里都不是风景,他低头踢着侧石边上的小草,似乎那几棵小草是他的冤亲债主,还不时地顺手扯上几片树叶,捏碎了扔向远方,似乎它们都不应该正常地存在。

　　"公子哥儿,走路精神点哦。"兄弟水果行的合伙人阿玖赶上来,和颜悦色地说,然后一把搂过了阿瑜那瘦弱的肩膀。刹那间,阿瑜的泪水差点从心底深处涌上来,他最怕阿玖那手足般的一搂。在整个文城市也只有阿玖依然可以叫他"公子哥儿"。

两年前,阿瑜去市区进货,在水果批发市场门口遇到了在那儿摆摊的同学,同学轻俏地与他招呼:"公子哥儿,怎么也轮到跟我一样的下场,亲自来批发水果?"就那么一句话,阿瑜毫不犹豫地把拳头挥了出去,给了对方一个乌漆漆的皮蛋眼,差点把事情搞大,亏得阿玖停车后及时赶到。同学知道他家的变故后,不再追究,还向阿瑜说了句:"对不起啊,我不是故意的,你别往心里去。"同学的道歉反而让阿瑜有想钻入地缝的感觉。他不想被人嘲笑,但更不要别人的同情和怜悯,便头也不回地走出了水果批发市场。

从此,批发水果都是阿玖去,但去之前会与他说一声,他有时当作没听见,有时就"嗯"一声以示知晓。

"公子哥儿,我明天去进货。"阿玖搂着他说。"公子哥儿"的叫法,实质是阿瑜家辉煌岁月的见证,只是往事不堪回首。两个父亲差不多是同时受到法律制裁的,阿玖是商人的儿子,早已释怀发生的一切,只顾努力奋斗着,马上就要结婚了。而阿瑜的生长环境一直高高在上,甚至可以说他之前很少来白龙镇,不知道老家农村的生活状态,这几年来他一直不知如何面对生活的变故,包括母亲也一样,亏得有阿玖母子对他们的照顾,否则他们都不想回到老家,母子俩遇着那些亲戚都是绕着走的,而阿玖曾多次示意他:平视大家,你会发现一切都非常平和的。

怎么可能都平和呢,阿玖那个当处长的堂姐,那天进水果店的神色是怎么样的呢?阿玖肯定会说:"你不也这样视人吗?"看看他堂姐的衣着和气势,再看看自己身上那件牛仔衣已有破洞,当然,有人会说,现在流行破洞的牛仔衣,但阿瑜那衣服当年是全新的,是没有破洞的,是几年的洗浆才变得褪色与破旧,也就是说自他父亲进去后,母子俩再也没有买过一件新衣。村民中

82

也有同情他们母子的,但阿瑜从不愿领情。几年来,他也遇到过几个儿时的玩伴,他们也是高干子弟,现在,有的在机关上班,有的在一线大城市工作,有的出国了。反正阿瑜觉得大家的眼神全变了,绝不是平和的那种。

或许只有他阿瑜的神态没变,依然高高在上的德行。对于刚才阿玖说的明天去进货,他并未抬头。突然,踢着草的脚有了强烈的刺痛感,不免"啊"了一声,原来,那双黑皮鞋下有了一个破洞,什么时候的事情?他并不知道。阿玖笑他:"自己穿的鞋子好不好怎么会不知道呢?"阿瑜认真地回答:"真不知道,你看鞋面还那么好,鞋底却有个大窟窿,真的不能看表相哦。"阿玖说:"什么时候一起去买双新的?你要当我的伴郎呢。"阿瑜说:"穿这双也行的,反正面子上看来很正常。"说着停下来,居然脱下鞋子当场研究起来。

阿玖心疼地说:"兄弟,别研究了,你妈还在家等着呢。"

想到母亲,阿瑜提起精神站了起来。小时候,母亲是他的依靠,如今他是母亲的支柱。这些年来,母亲在外人眼里是个失势而冷漠的妇人,但每天只要阿瑜开门进去,她便会在那儿笑脸相迎,并上来拍拍儿子的脸:"今天生意可好?"正是母亲这份期待和这温柔的询问,支撑着阿瑜跟着阿玖继续干。其实,他心里清楚,自己并没有阿玖的经营能力和管理水平。但他不能让母亲失望,阿玖在工作上对他从没有一句怨言,总是像一位兄长一样,处处维护着他。前几天,母亲说:"你阿玖哥的母亲介绍了一位远房亲戚,到时会是新娘的伴娘,你是伴郎,是不是提前见一面,看看有没有缘分?"他实在没这心思,但理解母亲的心思,正如阿玖说的,他不能再高高在上了,他只是一介平民,该平和地面对现实生活了。

阁楼上的男孩

　　邵二斌能回到现实生活中来吗？

　　整个尚都首府近三千居民，估计只有他亲妈知道这十八层的阁楼上还住着一个大男孩。

　　邵二斌是家里的独子，为什么叫二斌呢。因为父母之前有过一个儿子叫邵斌，出生半年不到便被神召回去了，所以，第二个孩子出生时，干脆取名为邵二斌。

　　邵二斌从文城市工程学院本科毕业。那年，正逢村里拆迁，家里当年就分得三套房子，父母在还没看到房子时，就把其中一套房票卖给了汤大妈的女婿，白龙镇卫生院院长。那时流行挤公务员这根独木桥，家人都鼓励二斌去考公务员，他也在家努力看了一年的书，还专门花大钱去省城培训过，可几番下来连笔试都未通过。后来，父母建议他去周边的私营企业当个后勤，可他不干，说自己是学计算机的，人家私营企业不需要。父亲又托人在边上五金厂让他接外贸单子，可他又拒绝，说自己不是学外语的。一来二去，东推西托，一晃两年过去了。其间全家搬入了尚都首府，父母把另一套房子租给了老华，邵二斌却要求父母把第一年的租金给他买苹果电脑。母亲大人足足心疼了几个晚上，谁叫他是她的儿子呢，还是亲生的。

　　起初，邵二斌还在网上兼职，赚了些钱，后来却慢慢转变方

84

向,迷上了网络游戏,工作的事都成了扯淡。最后发展到吃饭都不下楼来,生活没了任何规律,一日三餐变为一日二餐——早餐因起得迟直接省略了,而且经常是父母叫了百遍才下楼。有时则二十四小时待在阁楼上,饭菜还得母亲给搬上去。为此,父亲多次与母亲大吵,这一米八的年轻小伙,下个楼难道真能要了他的命?对于父母楼下的 N 次争吵,邵二斌关起门来充耳不闻,似乎那是邻家的事儿,与他没半毛钱关系。

偶尔的,村民也会谈到当年周边村庄出现的几家会读书的孩子,比如研究生杜健,当时他是以人才身份被引进的,而目前的大学生、研究生遍地开花,谁稀罕呢。夏日的夜晚,人们在小区门卫跷着二郎腿,乘着凉,吃着冰镇西瓜,手里刷着乔布斯的苹果手机,感叹着现实社会的千变万化。二十年前的此时,对于农村人来说正是"双抢"季节,月亮出来了,人们还在操场上扬谷、田里挑篓担呢,回家的晚餐只是自酿的一杯烧酒,桌上只有咸菜煮茭白和盐冬瓜,要是有一盆油盐倭豆或油盐肉,那一定是来贵客了。岁月的变迁如此之快,而"90后"的孩子无法想象祖辈父辈曾经的艰辛和苦难。

如此沉寂了五年。现在的邵二斌已到而立之年,什么也没变,只是每次起身时,感觉走路都会有摇摇晃晃的感觉,一称,一百六十五斤啦。今天刚好晃到楼下,有个电话打了进来,电话里的女人问:"你是谁?"他答:"你又是谁?"电话里的人又说:"我找我哥,你又是谁?"邵二斌说:"我不是你哥,你打错了。"就给挂了。不过两秒,电话铃声又此起彼伏地响起,二斌无奈接起,对方很大声地在里面嚷:"怎么会打错,我天天与嫂子通电话的。"突然又问,"你是二斌?你下楼来了?"这时,邵二斌才想起来,自己好像是有个姑姑,只是多少年未见。隐约记得,母亲在过年时上楼来叫他去姑姑家吃饭,他没理会。如此看来,这个亲姑姑似乎也把这个侄儿忘得差不多了。

突然,门开了,母亲走了进来,吓了一跳,问:"谁?"邵二斌答:"我。"母亲手上拎着一个饭盒,揉揉胸口说:"我以为进贼了呢。你下来干什么?"邵二斌答:"找点吃的。"母亲的嘴角向上扬了扬,笑道:"你也知道饿?"邵二斌再问:"妈,你做饭了没?"母亲愣了一下:"你还知道我是你妈啊?孽子,你都多少年没叫我们了。你知道吗,你除了有个妈,还有一个爸,他已经六十多岁了,身体又不好,在小区里干门卫,昨晚高血压发作进医院了。我刚从医院回来,哪有时间给你做饭呢……"母亲报芝麻一般说了一大堆,说完哽咽着径直走进厨房开始忙碌。邵二斌麻木地站在母亲身后,呆了一会儿,吐出一句:"好像是姑姑打来电话,找你们呢。"说完又上阁楼去了。

母亲狠狠地把一个铝锅子摔在灶台上,声音巨响,邵二斌在楼梯中间停了停,很快又上楼去了。

谁叫你说的真话

袁芳上楼,看见清洁工阿蔡在那儿抹眼泪。

这一大早的,又快过年了,怎么回事?

阿蔡见到袁芳,像见了救星,忘了擦正在掉下的串串泪珠,马上跑过来:"小芳,你给阿姨做个证,阿姨是你招来的,招来时就说好的,我有恐高症不能擦玻璃窗。"袁芳有点丈二和尚摸不着头脑,但一听阿姨那最后一句话,便接话:"是啊,是这样,我们又没叫你擦玻璃窗。"

见袁芳这么回答,阿蔡说话的气急声马上缓和了下来,道:"可现在黄主任一定叫我擦玻璃窗啊。""哦,这样啊,那我帮你去跟黄主任说明一下。"袁芳很有义气。阿蔡的脸上露出了笑意。

袁芳"噔噔噔"一路走到办公室主任门口,敲了半天,黄主任不在。她转头对阿蔡说:"阿姨,你别急,先去干别的活儿,快过年了,早点干完早回家。"袁芳的这句话让阿蔡特别感动,一个劲地点头,激动得差点说不出话来,抬头往楼梯上看了看,又说:"我刚才看到黄主任到上面局长办公室去了。""好的,你放心,我等一会儿会帮你向黄主任解释的,他刚调来不知情。"袁芳永远是一副笑呵呵的脸,单位的同事都挺喜欢她的,但领导们好像并不怎么喜欢她。

袁芳走向自己的办公室,迎面走来分管她的副主任郑波。

袁芳上前大大方方地叫了声:"郑主任!""你到我的办公室来一下。"对方认真地说。

郑主任很客气,指了指面前的沙发说:"坐。""我站一会儿好了!"袁芳依然微微笑。"坐,坐吧。"郑主任又严肃地说。袁芳"啊"了一声,感觉有点异常,坐了下来。

郑主任也坐下,温和地问:"袁芳,你参加工作几年了?"

"郑主任,五年了。"袁芳在领导面前坐得规规矩矩,两个手都直直地放在前面,有点紧张。

"哦,来我们单位几年了?"

"五年,我毕业就考入白龙镇的。"

"哦,那比我还早两年呢。"郑主任笑了起来,办公室的空气一下子柔和起来。

"怎么能跟您比,我是科员,您是领导啊,领导有什么吩咐?"袁芳调整了一下自己的坐姿。

"哪有什么吩咐啊,你是老科员了,在镇里的工作经验应该比我还丰富呢。"郑主任又在笑。

"哪里,主任您太客气了。"

"刚才我听到你与蔡阿姨的对话了。"郑主任开始言归正传。

"是的,这阿姨是我招来的,她是尚都首府的贫困户。来的时候就说好重点打扫地面卫生、各领导办公室卫生,擦玻璃窗她不会。"

"贫困户还对工作挑三拣四,还不能擦玻璃窗?"这次郑主任笑得很大声。

"可当时就是这么说的,阿姨现在觉得挺委屈的。"

"有什么可委屈的,工作嘛,领导说怎么做就怎么做!"郑主任强调。

"可能黄主任才调来,等一会儿我帮她去解释一下。"袁芳还在说。

"有什么可解释的?!"郑局长又变回认真状。

"不解释的话,黄主任会认为阿姨是故意不擦玻璃窗的。郑主任,您也知道以前每年玻璃窗我们都另外到家政公司叫钟点工的。"

"这事儿我怎么会知道呢?"郑主任拉黑了脸。

"您的办公室玻璃窗不是每年也擦的吗?"

"那擦的时候可能我不在,不知道。"郑主任边说边点起了一支烟,烟雾腾起,把郑主任的脸给遮住了,袁芳看不清烟后他的表情。

"我还是跟黄主任去说一下,让他另外找钟点工擦玻璃窗吧。"袁芳似乎一个人在嘀咕。

"袁芳,你少管闲事吧。"烟雾后面传出来一个不痛不痒的声音。

"啊?"袁芳愣在那儿。

"袁芳,你应该考虑一下如何让领导提拔你。"郑主任的脑袋从烟雾中抽了出来,跳到了袁芳面前,她差点吓了一跳。那张布满青筋的脸,上面布满了细细小小的皱纹,似乎不是袁芳平日里见到的那张脸。

"啊?"袁芳的声音有点颤抖。

"想一想,学会平时如何说话!"郑主任猛地吸了一口烟,又猛地直接吐向了袁芳。

袁芳措手不及,被烟呛得回不过神来,咳了好一会儿,才问:"郑主任,我说错了什么吗? 我说的都是真话啊,您不相信啊。"

"没人不相信你,但谁叫你说真话的?"郑主任说完把烟爽气地给灭了。

　　十天后,阿蔡被辞退了,新招来了两个清洁工,一个专门打扫地面卫生,一个专门擦玻璃窗,听说,这两个清洁工的工资都比之前的阿蔡要高出两百元。

贫困户阿蔡

大清早,黄主任正在家里吃饭,村民阿蔡来了。

一见阿蔡满脸乌青,主任就知道发生了什么事。二话不说,从屋里拿出一双筷子,给她盛了碗泡饭,示意她先坐下填饱肚子。

阿蔡,四十岁不到,个子不足一米五,目前是尚都首府环卫工人,每天日晒雨淋的,无论脸上还是手上都是全黑的,且都有皱纹,细细的、密密的,不知道底细的人肯定会以为她五十多岁了。

阿蔡从江西老家嫁到这里,整整十五个年头了,每天都是一张哭脸。按理说,这么多年下来,她的眼泪早就流干了。而此时,她的眼里又有一泡眼泪,但控制着,没让它掉下来。黄主任往她的碗里夹了一块豆腐皮,还有几颗小鱼干儿。她细细地咀嚼着,好像吃最后一餐似的。村民都爱在背后说村主任的是非,阿蔡心里却认定主任是个好人,要是她阿蔡有点姿色,也愿意做黄主任的情人,可阿蔡自知无福。

黄主任吃好了,站起来,从真皮公文包里拿出一千元钱递给阿蔡。阿蔡怔怔地盯着主任,不接。主任开口了:"跟着这样的男人,注定受苦,叫你离婚,你又舍不得。昨晚报警没有?"

"报了,但早上他就回来了,一进家门又在那儿骂人呢。"

"他对派出所都无所畏惧了,我们村干部还能做什么?"黄主任叹了口气,顺便把钱塞进阿蔡的衣袋里。他想象不出这个可怜的女人这些年都是怎么过来的,看她穿着一套大红的邋里邋遢的衣服,她老公阿振当年在江西打工时年轻帅气得很,这两人是怎么好上的?阿蔡矮而胖,五官长相又极普通,或许是阿蔡倒看上阿振的吧。阿振除了帅气点,还有什么优点?真的找不出来。

阿蔡也吃完了,向黄主任鞠了躬,好像她就是为了来陪主任吃一顿早餐,就是为了拿这一千元钱。出门时,阿蔡还想对黄主任说句什么感谢话,但主任边抽着烟,边向阿蔡挥挥手,让她啥也不要说了。

是啊,阿蔡夫妻打架家常便饭了,无人不知,整个尚都首府也就此一家。甚至村民都不愿意在背后嚼他们家的事了。大家一看到阿蔡,都像见了瘟神,既怜她又恨她。对于阿振,大家更不愿意与之搭话,除了那几个赌棍。

阿振从派出所出来后,又回去了,等着李所长上班。所长本想绕开他走,但阿振追了上去:"李所,昨晚张警官打我。"所长问:"证据呢?"阿振伸出自己的手臂,上面是一排牙印。所长一看便知,肯定是他昨晚酒后打阿蔡,被阿蔡咬的。于是,头也不回地进了办公室。阿振跟进来,大呼小叫,说要去上面告,要求赔偿。

李所长喝道:"谁允许你打老婆的?"

阿振:"自己的老婆,我怎么不能打了?"

李所长对着门外喊道:"混账!张警官,把他再给关起来,叫阿蔡来。"

门口却出现了黄主任,笑呵呵地与李所长打着招呼:"我已把阿蔡送回江西了。"

阿振一下子坐在地上狂哭:"什么?主任,你把我老婆送江西了,我一个病人如何生活?谁照顾我?"

村主任:"你还知道你是病人?生的什么病?"

阿振:"肺癌!"

村主任:"生癌了,还抽烟,还喝酒,还打老婆?你生病五六年,阿蔡天天在外打工,做完环卫工人,又去做钟点工,半夜再到小区里捡垃圾补贴家用。你呢,病重了,躺床上,打枚杜冷丁!病好点,活龙现跳便开始打老婆!老天响雷时怎么不打死你?"

阿振继续哭:"是我不好,我家穷,可我一个病人能做什么呢?我心情不好才打她的啊。但她不能走,我不能没有她。村主任啊,我的好主任,求求你,再饶我一次。"

村主任:"起来,你不用在这里哭,我已派人一早就送阿蔡回去了。"

阿振:"我不在这里哭怎么办,难道上镇上哭?李所,你帮我向黄主任说说吧,让阿蔡回来啊。"

所长:"都是你自己造的孽,还叫村主任每次给你家倒贴钱。"

阿振:"谁叫我是贫困户呢。"

村主任:"五年前,你分了三套房子,你贫啥?你不赌博,至少还有两套在。"

阿振红着眼睛对村主任大叫一声:"好,你不叫阿蔡回来,我马上去跳楼!"

村主任:"我们没叫你跳楼,你真要跳,不要在派出所,也不要到村里跳。"之前,阿振也曾甩出双腿坐在村办公楼的楼顶上,差点上了头条新闻,但大家都知道他并没有真想跳的意思。那次他在上面坐了整整两小时,最后是村支书从后背抱他下来的,村主任还狠狠地白了他一眼。

"好,我回自己家六楼去跳,不影响你们当官。"阿振愤愤地说着就跑回家去,从背影看,黄主任真的怀疑医生是不是对他诊断失误。

阿振打开家门,发现阿蔡在吃中饭,正喝着眼前的油条汤。而桌上有一碗红烧小河鲫鱼,没被动过,是他最喜欢的菜肴。

儿子的军功章

不知道为什么,这几天尚都首府欢天喜地的。

过年了呗!有人说。但村干部、小区干部、镇干部、市干部都马不停蹄地赶来,干什么呢?

门卫邵阿年说,是陈池村钱大娘家的儿子要回来了。

钱大娘的儿子何许人也?方圆十里的村民都知道,钱大娘有个当军医的儿子,叫钱景,上校,三年前参加了联合国维和部队。这不,明天就要回来了。

看到没?武装部长又来了,是再次确定明天钱家哪几个亲人去接机。

钱大娘问:"我家景儿是直接回家吧?"

武装部长答:"不,市委书记亲自到机场迎接,先座谈,晚上还安排了庆功宴。"

钱大娘再问:"庆功宴?"

武装部长再答:"是啊,庆功宴。钱景在非洲的医疗队里贡献突出,分别受到了联合国和祖国颁发的军功章,是我们中国人的骄傲。大娘,你儿子是英雄啊,两枚沉甸甸的军功章里有您的功劳呢。"

钱大娘往上翻了翻眼珠:"我没功劳,反正景儿一下飞机我就要见到他。"

钱大爷走过来,拉开老伴,握住王部长的手:"王部长,孩子他娘就不去机场了,我们都不去了。有儿媳妇和孙子代表就行了。"

钱大娘反驳:"不行,我要去的。"

钱大爷的手往后打了她一下:"你的腿不是还没好吗?瘸着脚,多难看。"

钱大娘依然坚持:"难看啥,我去接儿子,又不是见什么领导。"

钱大爷挡在她面前,继续说:"可接儿子的不是还有大领导嘛,你不想想自己的身体也得想想儿子的面子。"

钱大娘在旁边的椅子坐下,看一眼站着的王部长及王部长的下属,侧了侧身,喊:"反正我要第一时间见到我的景儿。"

钱大爷也提高了分贝:"你这老婆子怎这么倔?儿子吃完饭就回家来的啊。"

钱大娘瞪了他一眼:"不行,这事儿不能由你做主,景儿是我生的,你不能剥夺我见儿子的权利。"

钱大爷还想说什么,被王部长止住了:"大娘,您放心。明天早上八点,我们准时来接您,您晚上早点休息。"

可钱大娘怎么可能早点休息呢。

晚上,她拿出厚厚一叠相册,共十二本。从孩子出生直到参加工作的照片,从第一本到第十二本,每张相片后面,钱大娘都做了认真的注释,上面有照相的时间、地点、活动内容。儿子之前一直在国内,无论他多忙,钱大娘一个电话总归能随时听到儿子的声音,用儿媳妇的话说:"妈,您有事,他再忙也会接听。哪怕没听到空下来时准会第一时间回拨。"是啊,儿媳妇很了解儿子,娘在儿子的心中永远占第一位。不管儿子在北京开会,还是在省里培训,还是在市里工作,钱大娘很少给儿子打电话,因为她知道儿子的工作非常忙。他每天要面对那么多的病人,怎能随便打他电话呢。钱大娘舍不得随便打扰儿子。关于儿子的工作,钱大娘多数也是从儿媳妇的嘴里了解的。儿子忙,可每个节日再忙都会回家一趟。但自从去了非洲,钱大娘开始打儿子的国际长途,每个月都会打一次,有时半夜醒来就打。钱大爷数落她:"儿子在外工作,别让他分心好不好?"钱大娘呆呆地看着老伴:是啊,老伴说得有理,打再多电话也不能把儿子叫回来,还是别打扰他的工作。儿媳妇说非洲的工作比国内的忙好几倍,她也只是偶尔发个短信问候那边的情况。

钱大娘想想家人说得都有理,于是就开始关心起报纸和电视。可那上面关于非洲的点点滴滴太少,于是她让孙子教她学习上网,从百度上搜索联合国维和部队军人们在非洲的工作情况,她知道了非洲的登革热病毒,知道非洲艾滋病较严重,还有那里的战乱,这些随时都会影响儿子的生命和健康。三年来,钱大娘几乎没有睡过一个好觉,总感觉比儿子刚出生那会儿还要紧张,甚至害怕家里电话铃声响起。三年来,儿子只在除夕之夜来过两个电话,其他的信息他们都是从儿媳妇那些短信中了解到的。明天就可以见到亲爱的儿子了,今晚,钱大娘要安安心心地睡一个觉,明天精神饱满地去接儿子。

文城市的机场不大也不小,贵宾室内各级领导都已做好了迎接准备,众多新闻媒体记者在外面候着调试镜头。飞机误点一小时,钱大妈有点焦急,儿媳妇比较镇定。

终于,飞机安全抵达。市委书记站在了贵宾通道口的最前列。钱景出来了,是的,钱大娘的景儿出来了。有人很快向他送上两束漂亮的鲜花,可钱景一边在握书记的手,一边急切地在向后张望着,钱大娘带领儿媳妇和孙子立即向钱景挥起双手。钱景把鲜花扔给了边上的人,小跑着奔向他们,三位亲人自觉地排成一个"一"字,张开双臂迎接他的归来。钱景跑到他仁面前停顿了一下,笑了。他来到母亲面前,把挂在军服上的两枚军功章摘下来欲挂到母亲的胸前。钱大娘含着泪摆摆手,接过军功章分别挂到了孙子和儿媳妇的胸口,她看到儿媳妇已经泪流满面。所有人都静静地看着钱大娘做完这一切,现场鸦雀无声。等她做完这些,儿子上前拥抱了六十多岁的母亲,深情地叫了一声:"娘,我回来了!"钱大娘哽咽着大声地回答:"儿子啊,回来就好,回来就好!娘再也不答应你去非洲了,娘只要景儿好好的。"

在场很多人都流下了感动的泪水。

红事白事

　　婆婆终于死了。阿坤嫂却没流一滴泪水。

　　她只摸了摸胸口挂着的那个黄色大悲咒布袋，心里只透出一股沉重的气，似身上万斤重的担子卸了一半。

　　有人会问，她们婆媳关系不好吧？

　　大家要是听了阿坤嫂令人心碎的命运，就不会这么问了。

　　小吴村的村民都管陈阿坤的娘叫陈阿太。陈阿太今年九十三岁，卧病在床二十余年了，大儿子陈阿夫早早地就弃陈阿太不管了，这些年都是小儿家在照顾。

　　陈阿太曾多次要求"安乐死"，可咱中国人不流行这种死法啊，如果婆婆真的安乐了，那阿坤嫂得去坐牢，她的儿子和丈夫谁来管呢？这罪孽可大了。阿坤嫂不敢让陈阿太"安乐死"，陈阿太仔细一想，自己真的不能这样对待小儿媳妇，她嫁到陈家没过上几年好日子哪。

　　那无边无尽的痛苦来自二十多年前的一场车祸。当时，阿坤嫂家的条件在村上不算差。儿子陈晓岸聪明又可爱，丈夫陈阿坤是个本分人，在村建筑包工头手下做泥工力气活儿，收入也是稳定的。阿坤嫂在村上的五金厂上班，虽然工作环境脏了一些，但收入可观，工厂效益不错，老板早早地就给她交了养老保险和医疗保险。

可谁知，在孩子上小学一年级的某个下午，就在校门口，一辆货车撞向了正放学回家的陈晓岸。经过紧急抢救，孩子的命保住了，但脑部受伤，从此成了一名智障儿童，且右脚落下残疾，走路是瘸的。两年后，经多方协调，陈晓岸重新回到了学校，但他的智力只能学习到一些基本常识，勉强撑到小学毕业。也就在那时，陈阿太因多种疾病缠身，生活变得无法自理，小儿子家又突遭变故，无法侍奉婆婆，招致大儿媳妇的恶骂。无奈，阿坤嫂和丈夫最终商量还是把婆婆接到家里。为此，她不再打工，一心照顾婆婆和儿子。可很快，阿坤嫂发现，光靠丈夫的那些收入，要揭不开锅了。于是，向其他村民租了几亩荒地，种植了各类蔬菜，到季时去镇上贩卖。自种蔬菜比五金厂打工自由些，家里吃的菜能自给自足了，支出当然明显下降。陈阿太每天躺在床上无事可干，就念大悲咒，念阿弥陀佛，她由衷地希望阿坤家能兴旺起来，可阿坤嫂看着智障的儿子，总感觉这个家的太阳再也不会升起。于是，陈阿太把自己念了无数遍的大悲咒布袋给了儿媳妇，劝她："好人有好报，但愿一切会好起来。"

谁知阿坤嫂的灾难并没有完。儿子满十八岁那年，丈夫从上梁的屋顶上掉了下来，生生地摔坏了四根肋骨，还造成下身瘫痪。家中四口人，只有阿坤嫂是完整的，她一个女人成了家中另外三个人的拐杖，她狠狠地哭了三天三夜，想死的心都有了。看着那三个老弱病残，下半辈子的日子怎么过？可她要是一走了之，意味着什么？她想把婆婆给的大悲咒布袋摘下来，可摸了摸重新挂在胸口上，再默念几声"阿弥陀佛"。

当年的老支书董琪根、妇女主任徐小文也一次次上门来慰问，还帮她的儿子和丈夫办理了残疾补助金。村里的土地被征收了，她家第一户拿到钱。老支书还劝她为自己买份农保，可她只给摇三轮车的丈夫买了农保,每个月可领取六百元的收入。老支书又四处托人,在附近一家私营企业为她丈夫谋了个门卫的工作,说是门卫,实际上就是给人家开开电动门,分分报纸,毕竟坐在轮椅上的人很多事情不便,但她丈夫是个很自尊的人,自己硬生生地把那些不方便给解决掉了。老板见他工作认真,且从不给人添麻烦,又将他家智障的儿子招了进去,做一些简单的手工活儿。做了一段时间,这孩子经常把正品和次品混在一起,老板说让他回家去帮阿坤嫂种菜吧,养老保险和医保继续交,还把阿坤嫂已断交的那份社保和医保都给续上了。阿坤嫂再次摸摸胸前的大悲咒布袋,心里祈祷"好人有好报"。

阿坤嫂除了和儿子一起经营那些菜地,还去超市做钟点工,下午一点到五点。这样一来,阿坤嫂的时间都被挤满了。在家时不仅要管好全家人的吃喝拉撒穿,还要管理他们的身体清洗和康复训练,每天像陀螺一样转着,五十几岁的人,看上去足有七十岁的模样。

这不,村子拆迁了,阿坤嫂家分得有三套房子,她毫不犹豫地出售了一套,一套简装自住,一套出租赚收入。她辞去了超市的钟点工,改为临时为各家上门做钟点工,自由些,收入反而增加了。她的眉间有了笑意。

如今,晓岸三十岁了,阿坤嫂想自己终归要老的。这不,前段时间,一位远亲从邻县给说了门亲,姑娘比儿子大两岁,是个聋哑人,识字,在边上一个垃圾发电厂打扫卫生,收入很不错。阿坤嫂带儿子跑去相亲,当场拿出一个房产证说,只要女方同意,立马愿意把另一套房子过户给她。这不,本来说好,八月十六那天要办喜事的。可陈老太却提前一个月走了,红事还没办,白事先办了,阿坤嫂有点伤心,但她真不知道,这红事还办不办了?

老支书来了,说:"死者为大嘛,先办白事,红事延后。"

村民都来帮忙了,这也是尚都首府第一位如此高寿的老人过世,许多村民来讨斋饭给儿孙吃呢。大家的心里都祈祷阿坤嫂的日子越过越好。

阿坤嫂再次摸了摸胸口挂着的那个大悲咒布袋,这次,她心里可能是在感激婆婆生前给予的祝福。

嫁 女

鲜花、音乐、掌声,洁白的婚纱。祝福声,声声不断。

当袁一明再次牵住宝贝女儿袁芳的小手,哦,已不是刚刚出生时那个满是皱纹、像小蟹壳一样稚嫩无比的婴儿手了。

当他牵着宝贝女儿温暖可亲的手放入女婿的手里时,心,忽然疼了起来,眼眶湿润了,喉咙里有了异物……

二十八年了!

二十八年来,女儿几乎没有离开过他。幼儿园、小学、中学、大学都在这个大都市里完成。

今天,最亲爱的女儿即将嫁为人妇。她已不再是爸爸心中的小女孩,将成为别人的新娘,担当起一个家的责任和义务。袁一明祝愿女儿永远幸福,更希望眼前的新郎能始终如一地爱女儿,白头偕老。

当他把女儿的手放入女婿的手心时,严肃又诚恳地嘱托他:"我把宝贝交给你了,请你一定要善待她!"年轻人用同样真诚的眼神迎着岳父的目光,拿起话筒,掷地有声:"爸爸,请您放心,我会用一生去呵护芳芳。哪怕以后的日子里我们也会有误会和不同的意见,但我一定会让步,视芳芳为生命中的一部分。"女婿说完向他深深地鞠了三躬。

袁一明眼泪禁不住流了下来。

突然,他看到前岳父就立在一对新人站的平台边,老人的眼里晶莹闪烁,始终看着外孙女,也看着他——一个前女婿。

十六年前,他与前妻离婚了。

当时,在外人看来他们夫妻双方都不错,都有稳定的工作,甚至有不错的事业。最重要的,他们还有一个可爱伶俐的女儿。但是,关上门,他们夫妻间很少交流,一旦开口,不过三句话,就会争吵。于是,他在家养成了长期不说话的习惯,有事儿只对女儿说。妻子也一样,不说话,什么事儿只对女儿说,女儿成为父母间的传话筒。哪怕他到外面开会十天半月,也决不亲口对妻子说一个字,而妻子经常会在睡觉前询问女儿今天你爸爸说了什么。也因此,妻子经常失眠,脾气越来越差,有时会把对他的气撒在孩子身上。这样,他更不愿意去理她。

离婚的导火线是他穿了一条名牌的短裤,虽然,夫妻间没有沟通,但全家人的衣服一直是妻子购买的,但那次他换下了那条名牌短裤,妻子在洗时心里就憋了一肚子气。等他下班回家时,直接向他开炮,责问裤子是哪儿买的。他不予理睬。随后,妻子把那条裤子扔到了他头上。于是,他动手打了妻子。

打架的时候女儿也在现场,孩子挡在爸爸的前面,拼命地护着妈妈:"爸爸,求求你不要再打妈妈了,要打就打我吧。"孩子一遍遍地哭诉着,不知道是妻子打不过他,还是被他打怕了,最后,她停止了回击,他才停下来。

过后,他在外面住了一宿。

待他第二天晚上回来时,发现女儿高烧不停。

妻子正抱着孩子哭泣,一遍遍地对女儿说着抱歉。女儿见到爸爸归来,却叫住了他。十二岁的孩子似乎一夜之间长大了,认真地对父母说:"妈妈,你太苦了,不要跟爸爸生活在一起了。

这样,你不会快乐的。"然后,又转头对他说:"爸爸,和妈妈离婚吧,这样你能快乐的。"然后他和妻子异口同声地问:"你愿意跟谁?"女儿看看妈妈,又看看爸爸,俨然一个成人,她答:"我还是跟爸爸吧。妈妈,您收入不高,好好爱自己,我会来看您的,每个月都来看您。"妻子把头埋在孩子的胸前撕心裂肺地痛哭。

那次,孩子连续烧了一周才好转。

一个月后,他们和平分手。

再一个月,妻子跳楼身亡。后事是女儿独自去参加的。他本来也想去,毕竟十多年的夫妻,但他的女友不同意。后来,从女儿那儿知道,哪怕他去了,前岳父母也不会同意的。听说前妻离世前,身上还带着被他打过的伤痕。

这次,女儿的婚礼,也是孩子自己去邀请外公外婆的。女儿小时候没办法每月按时去看亲生母亲,长大后,一直按之前的承诺,月月去看望外公外婆。

女婿是白龙镇镇政府的司机,学历仅高中,一名临时工,女儿却是白龙镇上正式公务员,本科毕业生,女儿一句话就把袁一明想说的都给堵了:"爸,我不要找像您这样优秀的男人,我只要找一个爱我的男人。"

今天,他面对前岳父的目光,是有愧的。就像他,对于女儿也是有愧的一样。那条名牌短裤的确是情人给他买的,或者说前妻太了解他了,以他的消费观怎么可能去买六百多元一条的内裤呢,而且那么花里胡哨,但情人喜欢他穿性感的内裤。

但二婚的生活……现任妻子没有前妻任劳任怨。在她眼里,女人是要男人来疼的,是要男人来养的。当然,他愿意养她、疼她、爱她。他上辈子欠她的,就像前妻是上辈子欠他的。

只是彼此不用再归还。

婚礼进行曲依旧，女儿的泪水终于流了下来。他深知女儿的心，现场只有爸爸的搀扶，却没有妈妈的出席。女儿深深地弯下腰，抱了抱台阶边的外公，又亲了亲外公的脸。这个亲吻，或许他只有在这一刻看懂了，女儿是通过外公在亲吻自己的母亲。也只在这一刻，他突然想起，那次，他不该打前妻，更不应该如此鄙薄她！每个人的生命只有一次。而且，每个生命，不光属于自己，更属于他的父母。

　　他也很想上去抱一抱前岳父，但他没有资格！

　　平日里温和的女儿凛然拒绝后妈参加今天的结婚典礼！

赠　衣

　　儿子的毕业典礼结束了,一大批学生和教师从里面蜂拥而出,黄小逸混在众多家长中翘首张望着。

　　终于,小学毕业了,六年的接送可告一段落。

　　这时,她看到儿时的伙伴——沈家村的沈海燕,从校门走了出来,于是,有意识地在一位高个子的男家长后躲闪了一下。

　　"小逸! 你来接儿子啊?"沈海燕直呼其名。这令她受宠若惊,又有点难为情,脸颊似乎被烙了一下,微烫,亏得天色已晚,应该看不出来吧。

　　她将自己从人群中剥离出来,上前轻轻地唤了声:"沈局长,你也来参加毕业典礼?"

　　旁边几位家长听到有人称"沈局长",目光转向了她们。教育局副局长沈海燕的名字在家长的心中还是有一定分量的。

　　"什么沈局长,我的名字你不知道啊?"沈海燕没有一点儿官架子,拉起黄小逸的手,示意到一边去。

　　"听说你调市建交局了,双休日却还住老家?"黄小逸答:"是的,我爸身体不好,我基本上都住尚都首府。""那好,你帮我带个东西给老妈,最近局里事情特别多,很久没回去了。"沈海燕向来是个直来直去的主儿。黄小逸已经好几年没与沈海燕说话了,即使逢年过节在尚都首府里碰上了,也只是点个头或微笑一下,尽量避开正面接触。其实,沈海燕每次见到她倒很热情的,但她有自知之明,一介平民百姓,何必太接近一位教育局副局长呢。小时候归小时候,毕竟,现在都长大了嘛。

"什么东西,到时我去你那儿取吧。"黄小逸不得不接受这份信任和委托。

"老妈年纪大了,有些便秘,我托人从外面带来一些土蜂蜜,听说效果特好。"沈海燕如是说。

"上了年纪的人,大多这样。"黄小逸劝慰道。

"那我明天早上把东西放局门卫,你有空时取一下。"沈海燕知道黄小逸就在离市教育局不远处的市建交局工作,只是她不是正式编制。当然,沈海燕心里也知道,老同学是在避她。当年,黄小逸是村里骄傲的公主,她的成绩也不差。黄小逸考的是初中中专,那时成绩好的学生才能考上中专,成绩稍差的就只能上普高,而沈海燕就是后者。但沈海燕在普高毕业后,考入了大专,直接被分配到当年的县委办公室工作。而黄小逸中专毕业后分配在一家国有建筑公司上班。十多年前,国有企业转制了,再聪明的小逸也逃不脱被改制的命运,后来去区国土局打了几年杂。幸好她手上有各类建筑方面的资质证书,依然保持着一流的业务水平,经她父亲黄大头一位朋友的引荐,一年前才调到市建交局下面的某部门。虽然,黄小逸也算是国家机关里的工作人员,但这个工作人员的身份和性质,与沈局长的公务员身份完全是两回事。说句难听的话,黄小逸业务做得再强,为单位赚的钱再多,顶多年底被评个优秀,拿几百元奖励,一切行政职务永远与她无关。

"对了,你儿子毕业了。那些校服如果还没送出去的话,留给我儿子吧?"沈海燕问。

黄小逸回过神来,笑答:"没问题。只是局长的儿子还穿旧衣服?"

"怎么不能啊,他才读三年级呢,你家儿子可是我们村鼎鼎大名的黄主任的外孙呢。"

"我爸只是农村人,有什么好提的。"黄小逸知道,自从父亲生病后,村里村外多少难听的话都有,但沈海燕不一定有坏心,她向来是个心直口快的主儿。黄小逸还是不愿意向人提起家事。所以,这些年来,她过得越来越简单和低调,嘴上却应承道:"那好,我去找出来都洗干净了。"

"谢谢啦,那我先走了。明天的事,别忘了哦。"沈海燕边说边离去。她的背影依然如姑娘时一样轻快、活泼,只是气质更佳。

第二天,黄小逸在教育局门卫拿到了沈局长的土蜂蜜。

几天后,又及时地把土蜂蜜交给了沈局长的妈妈。

一个月后,当她再次看到洗得干干净净、叠得整整齐齐的小学生校服时,不知道怎么办才好。

毕竟那是几套旧衣服,说不定沈局长只是随口说说呢。难道,真要拿到市教育局门卫去"显眼",还是送到她家里去?放教育局门卫肯定不太妥当,去她家里更不妥了,儿子的成绩已经出来了,正在重点中学的前后摇摆,读哪个学校还没定呢。去了,沈海燕肯定要问她儿子读哪个学校的事儿。当然,她也想儿子读好点的学校,哪怕出个十万二十万的资助费。虽然,家里有点小钱,父亲也给过她一笔钱。但此时此刻,说心里不想求着一个当官的,那是假的。她多么希望自己就是教育局副局长,哪怕教育局一个科员也好。

旧衣送还是不送?

这些天黄小逸根本没法认真工作,没法认真吃饭,脑子里竟想的是如何去送这四套旧校服。

晚饭时,丈夫看出了她的心绪不宁,劝道:"想开点,孩子读哪个学校都没关系。"

她摇摇头,又点点头。

儿子看到妈妈仍在纠结中,懂事地说:"妈,你放心,我无论上哪个学校,都会认真学习的。"

黄小逸看了看儿子,隔了一会儿说:"今天,楼下徐小文也向我要你的旧校服呢,可我答应了沈海燕,就是不知道她是不是真的为了省几块钱。我又怎么能把旧校服送给副局长呢?"

"啊?"儿子抬头,停止了吃饭。又马上说:"妈妈,你一半送小文阿姨家的儿子,一半送沈局长儿子吧。"

校服送出去几天后,儿子录取通知书也来了,普通中学。

这次,黄小逸的心情很平静。

师生恋

郑老师是我校最平静的一位教师,也是我校最帅的一位男教师,还是全校女生最仰慕的年轻教师。

但女生只能在背地里暗暗地喜欢他,谁也不敢表达自己的爱慕之心。因为白面书生郑老师的那张脸永远是冷冰冰的,哪怕学生们故意找了个笑话想幽默一把,在他那里永远得不到应有的回复。虽然如此,学生们依然喜欢他的化学课。如果是其他老师,下课铃声响了还拖课,学生们就会坐立不安,故意在下面发出不同的声响,甚至有人不断地向老师递纸条表示要上WC。郑老师却从来不拖课,每每会在铃声响之前那几秒准时吐出两字:下课。但往往是他的腿还没迈出教室,已有女学生箭步上前提出新的问题,这样,有了第一个女生提问便有第二个。郑老师虽然没有拖课,但那些女生主动把老师给拖了下来。课间十分钟,郑老师往往就被拖在讲台边上。每晚的夜自修,只要郑老师办公室的灯亮着,总有女生不停地跑去提问。这不光因为郑老师的教学水平没得说,更重要的是他压根没女朋友。

郑老师是本校化学组组长,全省模拟考试化学试题经常由他出,多么牛的一位老师。更牛的是,郑老师虽为化学老师,竞技水平却远远超过了本校几位体育老师,是国家二级运动员,他在念大学时就破了全省二百米短跑纪录,至今仍是纪录保持者。

他还酷爱打篮球,只要他那高大的身姿出现在校内的篮球场上,那矫健的投篮姿态便会吸引无数学生的眼球,当然,中间还混着一批没成家的女教师。

传说,十年前,即郑老师刚参加工作那年,喜欢上了自己班上的一位女学生。女生长得漂亮秀气,但性格忧郁,成绩平平。郑老师作为班主任经常为那女生单独开小灶,不仅是化学课,还包括其他几门功课。随着女学生成绩的突飞猛进,那场师生恋也像风一样在校园中传播开来。终于,在女生快要毕业时,女方家长带领着一帮村民来攻击郑老师了,说郑老师是"流氓",欺侮了那位女生。亏得郑老师跑得快,躲过一劫,但还是受到了校方的严厉处罚:没有按时转为正式教师,组织上还停止了对他的入党考察。听说,至今他还不是党员。20世纪80年代末,教师们是多么渴望加入党组织啊。听说,那女生后来考上了人民大学,留在了北京,再也没出现过。据说,小白脸郑老师也是从那时开始身上有了淡淡的香烟味。

从此,大家再也没见过郑老师喜欢女生,更没女朋友。他总是骑着一辆破旧的永久牌自行车,独来独往。在教师团体中也成了一名怪人,甚至有人说他道德败坏,但他从不争辩。随着年岁的增长,他的教学能力在教育界慢慢有了口碑。

开始,也有好心的教师帮着说媒,但都被他婉拒了。后来就再也没有人上门说媒了。大家都说,郑老师是被他的那个女学生害的,他是真心爱那学生。大家都在背地里惋惜,那场轰轰烈烈的师生恋,难道真要毁了郑老师的一生吗?

在我初三毕业那年,听说高三年级又有一位学霸级女生恋上了郑老师。或许是时代的进步,学霸的攻势比较猛烈,大家都在心里默默地想,郑老师终于迎来了春天。无论在郑老师的办公室,还是宿舍,学霸经常上门提问。大家都疑惑,她不是学霸吗?哪有那么多问题啊?后来传言,有人曾看到学霸在为郑老师洗袜子呢。再后来,听说郑老师除了晚上睡觉都不敢回宿舍。最后,郑老师晚上睡觉也开着宿舍的门。他的宿舍恰好在一楼,而学生的集体宿舍就在教师宿舍楼后面,这就意味着全校住宿生每天进出都要经过郑老师的门口。郑老师的门长期开放着,成了一道风景。这也好,中途哪个学生口渴了或有个什么应急事,都爱跑他的宿舍,似乎,他的宿舍成了公共场所。郑老师的口碑倒越来越好了。其实,郑老师本就是个好人嘛,只是没有笑容而已。

参加工作后,我回去看望郑老师,他居然笑容满面地出来迎接我,手里还怀抱着一个刚刚出生的男婴。他的身上已没有那种也曾经让我着迷的淡淡的烟味。

原来那个学霸秋敏是我们邻村北径村人,人家特意报考了师范大学,而且也是化学系,毕业后回到了母校任教。

同学们口里经常流传着郑老师当年在婚礼上深情地对学霸讲的一句话:"我一无所有,可我什么都想给你。"

如今,郑老师和师母住在尚都首府第二幢1006室,就在我们小区边上的白龙镇中学教书,即将退休。他俩的孩子已成家立业。晚饭后,郑老师经常牵着秋师母的手在小区边上散步。

真不明白,当年为什么有人说他是"流氓"呢。

老流氓

"老流氓"这个"雅号"是我给他取的。

第一次喊他"老流氓"时，全班同学都哈哈大笑，有人鼓掌，有人连声叫好，有人笑得肚子生疼。老流氓看着我"嘿嘿嘿"三声，用他那明亮的大眼睛射了我一眼，就出去了。因为，他的女朋友来了。

其实，喊他为"老流氓"一点都不为过，同学们赞同，也正因为我取的这个绰号完全到了点子上。刚刚他还拉着小胖同学的裤子耍流氓，小胖个子矮小，而"老流氓"人高马大，他不是明着要欺侮人嘛。旁边有男生起哄，当然，大家都知道"老流氓"爱开玩笑，开到一半，他的流氓动作就会停止。也就是说，大家顶多看到小胖的半边白色臀部。"老流氓"的可爱也就在此吧。

"老流氓"的女朋友是我的初中同学雪，在我校隔壁另一所学院就读会计专业。他俩可以说是青梅竹马，两小无猜。虽然老流氓无论在我们村里，还是在学校玩性都是一流的，且有几次群殴历史，我们班上也就他被校长"请"去过几次，在那个年代，那是种怎样的"荣耀"啊。

可谁也没想到，"老流氓"还没毕业，就直接去参军了，而且是在遥远的西藏。我急着去问他的女友，雪说那不是他本人的意愿。因他在一个企业实习时，就参与到同事的斗殴中，听说那

114

同事还与黑社会有联系,着实把他的父母吓了一跳。刚巧第一年开放征西藏兵政策,每个去西藏服役的兵可获得地方政府三万元补助,而且这三年的大专费用也由国家资助,退役后再另外补助两万元,以方便退役兵找工作,这不相当于农民几年的收入吗?于是,父母决定让他去西藏当兵了。一方面是考虑家庭经济状况,另一方面是他实在太顽劣,想用部队的严肃纪律整一下这个儿子。听说,"老流氓"倒很乐意当兵,只是他的女朋友对其恋恋不舍。雪的工作已经落实了,就是她目前实习的那家国企,刚好需要聘一名会计,但经常要加夜班。参军前,女友每个夜班他都亲自去接,因为她下班要经过一个人烟稀少的古老海塘,这是"老流氓"唯一不放心的。为此,她建议女友换个企业上班,女友不同意。那么,只有请求领导不要让一个小姑娘上夜班了。不知雪是真去说了,还是骗骗他,说领导不同意,年纪轻轻的,加个班又怎么了。于是,"老流氓"亲自登门去"乞求",不知那个平时只会说流氓话的他,使了什么法子,听说那个企业的财务科长居然同意在他参军两年内不让其女友上夜班。为此,"老流氓"带着女友在公园边的咖啡馆里好好庆祝了一番。

两个月后,"老流氓"踏上了去西藏的征程。半年后,县人民武装部慰问回来的同志说,本县两位西藏兵在阿里地区的雪灾中克服重重困难,为当地藏民干了许多力所能及的事,反响极好。他的父母、女友及全村人听到这消息都很高兴。

又一年,传来消息说,"老流氓"要回来了。怎么可能呢?我第一时间联系了雪,她告诉我,"老流氓"在执行任务过程中,为解救一名藏族女同胞而受伤了,左手手臂再也无法使力,政府安排他回来后去县保安公司工作。同学们一下子适应不了"老流氓"变成英雄的事实,而且还是个极其低调的英雄。

半年后,他与雪在南严村成婚了,当然是个非常疼老婆的好丈夫,目前就住在尚都首府第一幢 0305 室。但我们同学聚会时,再也没听到他说段子,更没有见他上前与某个同学来个特别亲昵的"流氓动作"。再后来,市城管局成立了,他考了进去,现在是咱白龙镇城管中队的何大海队长,一个一本正经的主儿,再也没有"老流氓"的踪影。

　　唉!

初　恋

　　她是个孤独的老人,小区里难得见到她的踪影。

　　是的,孤独的,一辈子没结过婚。

　　其实,她并不老,只有五十八岁。

　　在 21 世纪的今天,五十八岁绝不能算老。

　　她的姐姐六十三岁了,看上去比她年轻许多,像个中年妇女,还每天管带两个孙子,嘻嘻哈哈、骂骂咧咧。

　　可五十八岁的她,五官端正,眼睛大而黑,鼻子高而挺,只是皱纹密集,像一条条深深的沟壑铺满了整张脸,那份老态的气质和精神就不言而喻了。似乎真的很老,很老。

　　她就是陈池村的陈建芳,村民都奇怪,她为什么不结婚?

　　她没结过婚,却在新搬入的安置房里挂了一幅大大的黑白照。照相里是个英俊的男人,年龄不过二十五岁左右,并非她的亲人,但在她心里比亲人还亲。

　　那个人叫方灿,是一名烈士,在对越自卫反击战中牺牲了。曾经是她的高中同学。如果在世的话也有五十八岁了。

　　那么,他们曾经是情人? 恋人?

　　大家猜想应该是的。

　　可她那六十三岁的姐姐说:不是! 妹妹从来没有恋爱过,哪来的情人?

可她每天会在这张遗照前放一杯清水，还有几个时令水果。

这张遗照，五年前，她特地请人偷偷地从革命烈士陵园里翻拍过来。

曾经有好事者，把这张遗照的事传到旁边的北径村方灿家。北径村的拆迁户也全集中在本小区，可遗像的亲人似乎并不计较此事。因为他们也说不清，方灿是不是与陈建芳有过恋情。而且那遗像挂在那儿，他们都没亲眼见过，总不能冒昧上门特意要求去见一见吧？哪怕见了，又能怎样？或许他们倒要感谢陈建芳呢，为他的兄弟守了一辈子，这份情，只能来世让他本人去还了。

很多人说陈建芳脑子有病，是个糊涂人。

可她姐说妹妹脑子清晰得很，精力也好，只是人长得显老了些。

瞧，她每天五点半起床，大冬天的，早上还跑步半小时，回来吃个早餐去镇上超市上班，中餐都不回来吃，因为中途她要去做钟点工，晚上下班一个人随便吃点，完了又去做钟点工。一周休息一天，就在家写写字。她的毛笔字在镇上展览过，被称为农民书法家。她的很多画还被隔壁中兴毛纺厂印在被套上、枕套上，听说还出国了呢。入夏时，她还学城里人的模样，在小区的水泥地上用拖把似的毛笔在地上写狂草，村民有几个能看明白的！

她平时很节俭，穿着简单，完全是一位农村老妪的样子，但她应该是有钱的主儿，只是所有的钱用来买笔墨纸砚了。

可谁也不知道，"老太太"陈建芳内心是充实而快乐的。甚至，她每晚都会梦见方灿，他俩经常在梦中累得汗流浃背，每一次梦醒，她都觉得自己好像真的经历了那场运动。而事实上，她与外面传说的一样，她只是个单纯的老女人。

为什么会这样呢？

　　得说说他们的高中三年，那时"文化大革命"刚结束不久，学生们哪怕心里再喜欢哪个男生或女生也都不敢说出来。高考结束时，同学之间也不会留下任何联系方式。当然，那个年代也没什么联系方式可留，既没固定电话也没手机，大家只是都心照不宣地知道谁是哪个村的，就代表了一切。但通常情况下，谁也不会去找谁，哪怕以后在物资交流大会上，男生和女生撞见了，也不会彼此招呼，更多时候还会互相避开呢。越是心里有点喜欢的，避得越及时。远远见到就莫名脸红，就避！如果是遇到自己不曾心仪的同学，或干脆当作不认识，从眼前直直地走过。

　　陈建芳呢，当然是暗恋方灿的。不光喜欢他高大英俊的身躯，还特别喜欢他的名字、他踢足球的姿势。在读高中前，陈建方甚至不知道还有足球这门玩意儿。她常远远地站在操场的某一角落，偷偷地看方灿跟同学踢球。其实，他们班上喜欢足球的男生不多，方灿更多时候在与别班的男生踢，这样，陈建芳更是只能偷偷地看了，幸好没被其他同学发现。或许，方灿本人早就发现过有位长发女生在看他，这是后来刘建芳根据他那最后的回头一笑而认定的。

　　在毕业后的次年，陈建芳居然在乡政府门口遇见了方灿。其实，她早就知道方灿那天也在，是她的哥哥陈建达告诉她的。问她这次征兵名单中有一个叫方灿的，是不是她同学。陈建芳听后脸一下子热了。哥哥还说是方灿主动提到了陈建芳的。哦，多么美好的"主动提到"，那晚，她失眠了。于是，在送哥哥参军去的那天，她勇敢地写了一封信。

　　她永远记得自己急急忙忙走到方灿身后时的紧张、激动、害怕、兴奋、不安。就在方灿上车的刹那间，她跑上去，把黄色的信封塞进他崭新的黄色军大衣兜里,他回头看到她,惊讶、微笑,然后还轻轻地叫了一声她的芳名。她点了点头,害羞地跑开了。因为他的亲人也在附近,她可没那么大胆,但一直追随着方灿的身影。她看到他与哥哥坐在一起,哥哥坐在窗口的位置,他在哥哥的边上。哥哥在向她们挥手,方灿也在向她们挥手,而且方灿的笑容比刚才灿烂了许多,他的眼神似乎还在找寻着什么,于是,陈建芳把自己的红色围巾解了下来,向哥哥的方向使劲地挥手,直到车子开出很远很远……

故事就那么简单,半年后,听说方灿去了中越边境,永远留在了那边,英雄事迹传遍方圆几十里。而哥哥在另一个地方服役,三年后,平安回来。

可陈建芳的脑海里永远停留着方灿回头看她的那个笑容,那一声轻轻的呼唤,那个似乎在寻找她的眼神……

被淹没的岁月

老支书董琪根独自躺在一楼阴暗的房间里，一动也不动，只有眼神是清晰的，两粒黑珠子不停地转着。

屋外，其乐融融。

冬日的暖阳照耀着亲人们，他们边嗑瓜子边聊天，边喝茶边看手机，边跷二郎腿边玩游戏。老支书甚至能想象每个人脸上的表情，因为这些人都是他的至亲，有他的姐姐、弟弟、外甥、外甥女及第三代。从他们发出的欢声笑语中，老支书充分感受到了过年的快乐和休闲，还有春天即将来临的活力，可这屋内始终没有一个人进来。早上醒来时，保姆给他洗了个脸，喂了点米糊。连亲姐姐的到来，他也只是从她的脚步声里知道，姐姐的大嗓门："今天我买了很大很贵的大闸蟹，中午给小的们吃豆瓣酱蒸蟹，阿拉涛涛保证会高呼'外婆万岁'。"涛涛是姐姐外孙的小名。买菜的钱是除夕那晚老支书让保姆交给姐姐的，两千元，他示意姐姐这可能是他最后一个年了，让大家吃得好点。姐姐心领神会，一早，夫妻俩跑到五公里外的镇上市场去买的菜。

上午，亲人们一个个陆陆续续抵达老支书家，声音忽近忽远，忽高忽低，老支书虽然早就醒了，又有点似睡非睡，他的状况两个月前医生就下了定论："回家好好休息，不用再来医院了。"当时医生是对女儿说的，医生以为他昏迷不醒马上要走了。谁

121

知,出院后,他虽不能说话,却半死不活地撑到了今天。女儿十多年前就奋斗成美国人了,哪能一直陪在他身边呢,这不,勉强撑足一个月还是回她自己的国家去了,而中国的家只是女儿的一个不上不下的牵挂而已。当然,老支书也知道,女儿在回去前那晚把两位长辈(支书的姐姐和弟弟)都请了过来,给了他们一沓绿绿的钞票,把僵尸般的老爹就这样托付出去了。前天是除夕,越洋电话来过,保姆接的,老支书不会开口,也没一个表情,知道女儿只是问一下他的状况,在他看来,女儿是来求证一下老爹什么时候可以走了,省得她一次次隔洋过海地跑。

隔壁厨房传来一阵呛鼻子的辣椒味,老支书不禁咳了几声,他听到外面也有许多咳声,还有外甥女的声音:"小舅妈,你又要拍女婿马屁了? 这回锅肉把大家都呛出眼泪水了!""你不也很爱吃吗? 这丫头今年都四十岁了,嘴还是不饶人。"弟媳妇的回骂声里有笑有爱。弟弟家的女婿是成都人。这门亲事还是老支书给促成的。当年,侄女只在自家小作坊帮忙,圈子小,二十八岁了还没有男朋友,弟媳妇那个着急啊,十里八乡托了无数媒人,侄女就是看不上。后来,老支书远方的老战友儿子考上了文城市公务员,托他照看一下。于是,老支书就趁机经常邀请老战友儿子来家吃饭,有意让侄女与男孩多接触,一来二去,两个年轻人还真恋上了。如今,侄女家孩子都上初一了,侄女婿在市审计局当副局长。根据外面聊天记录分析,今天的聚餐,侄女婿要迟点到,在给领导拜年呢。

"咳咳咳"老支书又呛了几声,但外面的各种杂音太大,大家并没有听见里屋的咳声。老支书从枕头底下摸出一块很薄的旧手帕,上面白底布已变成了一条条的纱线,但纱布上绣的一对鸳鸯依旧栩栩如生,这是老支书与老伴恋爱时的定情物,四十多年过去了,老伴于三年前先走了一步,很多旧物都烧了,只这块手帕老支书一直带在身上。他还记得,有一次,外甥半夜发高烧,姐夫在外打工,姐姐急急地跑到他家求救,他二话不说,抛下自己家同样幼小也在生病的女儿,雇了辆三轮车就骑往卫生院。出门前,妻子用这块手帕裹了块冰,安放在外甥的额头上。可卫生院的全科医生说孩子的病有点凶,必须马上送医院。董琪根立马在村上借了一辆皮卡车。在路上又托镇长联系了县人民医院最好的儿科专家。到了医院,专家说再迟来半小时,孩子就没救了。镇长为什么会帮一名村支书?因为董琪根是头老黄牛,他任劳任怨,在 20 世纪 80 年代就带领村民完成了脱贫工作,尚河村土地面积在全镇最少,但自 90 年代起村经济收益已遥遥领先,历任镇领导都很敬重这位具有改革创新精神的支书,直到他七十岁,新来的镇领导还舍不得让他退休,要不是前几年查出坏毛病,他在村里的职位估计还得保留。

正想到这儿,听到外甥的声音,对他妈说:"我中饭到丈母娘家去吃,先走了。"

"啊,要走了?那进去看看你大舅吧,跟他说句再会。"

"看大舅干什么,他又不会说话了,我走了。"外甥决绝的声音和远去的脚步声深深地传进老支书的耳膜。

"砰"的巨响,屋里传来爆炸声。

练功券

　　小区里的村民炸开了锅,何大爷住院了。

　　何大爷——何南的大伯伯,已九十岁高龄,有着瘦瘦的长腿,为人严肃,不苟言笑,健步如飞,人人羡慕他有一副好筋骨。最主要的是,他是尚都首府最富有的老人。

　　之前何大爷也得过几次不大不小的病,儿女都想把他送进医院去,但他不肯。即使去检查,也是配几片药就回来了,要知道何大爷可是出生入死上过战场的离休干部,白龙镇仅有的三个活宝之一啊。人家离休干部有点小病小痛,马上要求入住高级干部病房,一占三年五载,甚至十年来一直以高级病房为家的也不在少数。因为他们的医保费全部由国家承担,那些儿女也盼着自家老干部早点住进去呢。但何大爷就是不愿意进医院,他说国家的钱也是钱,他舍不得花国家的钱,也舍不得花自个儿的钱。虽说这把年纪了,但每月初发工资的日子,他必亲自去银行,把钱从活期卡转入定期。至今,他有多少钱,连何大娘都不知道。用何大娘的话说,为他生了五个孩子,做了六十多年的夫妻却没正儿八经地花过他的钱呢。

　　那么何大爷的钱花哪儿呢? 不知道,应该就是存银行了吧。

　　五年前,何大爷的老战友,也就是北径村的孙友亮在"七一"党生日那天向组织部捧去了六万元现金——交党费。消息传

124

来,何大爷"啧啧"了半天,说老孙太傻。而边上的何大娘却讽刺他:你每年二十多万的收入全存银行就聪明来着?人家孙友亮在三个孙子的婚礼上送的都是金条,你呢,你孙子结婚一毛不拔,还拿回来一条新被子和一条中华香烟。

何大爷摇摇头,并不理睬何大娘的抱怨。

村民都知道何大爷的秉性,虽然,何大爷也经常会在小区门口坐坐,看看那群打麻将或斗地主的村民,但从来不参与,只是在边上评论一下而已。从来没有村民接他的话,他说什么人人当其耳边风。甚至有人当着他的面骂:"你都一大把年纪了,为什么还这么贱啊?"这时候,何大爷会发火,拿起边上的椅子或凳子去砸人,但说他的人往往是比他小两辈的,何大爷怎么能砸得到呢。所以,经常只能垂头丧气地边骂边回家。何大娘知道事由后,开始也会随着何大爷骂一顿那些无礼的后生,但没五分钟,想想人家骂的也没错,甚至感觉,那些人是在替她骂嘛,这样想着,她马上坦然了,好像何大爷这一辈子根本不是她的丈夫。

何大爷住院的消息同样传到了何南和他妈的耳朵里,但他们都当没听说过。想当年,何南家够倒霉的吧,但作为大哥和大伯,何大爷可从来没有向他们伸过援助之手。

虽说何大爷的五个孩子也没有享受过何大爷的温暖和亲情,但他们毕竟是何大爷的亲骨肉,这次何大爷躺在高级干部病床上,连上厕所都不能了。真是病来如山倒,再高寿的人也斗不过病。肺癌,晚期,必须马上手术,否则来日不多。家人考虑这位离休干部多活一天便是赚大工资的,决定让大爷受一次苦。其实何大爷是受过苦的,小时候家里穷,是放牛娃,日本鬼子进村时,打得进村口的那堵墙四处是弹壳,但后来这堵墙也被拆迁了。这场激烈的抗日战争后,周边许多青少年都跟着部队走了。

何大爷和老孙就是其中之二。何大爷进的是炊事班,也很苦的,光扛那些锅碗盆也够累的吧,有时候还要四处去寻找吃食。有一次,进深山采野菜,差点小命不保,要不是班长及时来找他,他早被狼吃了。现在,他的左耳朵只有半个,另半个就是当年喂入狼口了。后来的抗美援朝,何大爷也参加了,依然是炊事班的,一个手榴弹下来,在离他不到五米处炸开花,他的两个手指没了。十指连心哪,但看看身边那么多战友一命呜呼,何大爷的痛也便不是痛了。他撕下衣服的一个边角,自己包扎了一下,回头给剩下的战友烧饭烧菜,不吃,那冰天雪地中,不炸死便饿死冻死了。也正因为何大爷参加过无数的大小战争,每年建军节或建党节时,村里、镇上、区里,甚至市里都曾邀请过他老人家去讲述革命战争年代的故事。可何大爷不善于演讲,有个记者曾给他写了稿子,让他根据整理的材料讲几个经历,但何大爷还是不愿意讲给外人听。他只愿意在小区门卫那讲,讲给各村的小屁孩听。但那些小屁孩,听多了,早不乐意了。无奈,何大爷有时抽出一张五元,买几颗糖果骗骗小孩,可现在的小孩嘴刁,那些低级小糖果只能骗他们一次,第二次没人要吃了。于是,何大爷总是在裤兜里摸摸,摸了半天,也就五元十元的,把这两张纸币放在手上,左手数数,右手数数,数半天也决定不了到底用掉这张五元的呢,还是十元的。顽皮的孩子,有时会趁他不备时,抢去一张,然后一溜烟地跑开了。远远地就会听到何大爷的骂声,还有边上一群成人的哄笑声。

话说回来,术后的何大爷连说话都难了。肺切开后,发现病灶已到喉部,于是手术又扩大到上面。现在,何大爷只能吃流食,说出来的话,人人听不明白。他每天用手比画着,急着说什么。人人都看不明白,可急坏了家人和医护人员。

那天大孙子来看他,何大爷的眼睛一下子亮了,各种比画,边上的儿媳妇对大孙子说:"你爷爷从来没看到你那么亲昵过呢,看来啊,人之将死,其言也善哦。"那孙子笑了,对着妈妈说:"你们谁知道爷爷的存折放哪儿?"儿媳妇说:"存折在你奶奶那儿,那个抽屉打开了,有两百多万元啊,你还不知道吧?"

孙子是银行的理财经理,马上明白了什么,一个小时后从外面拿进来一叠银行练功券。

从此,何大爷就开始在医院里数练功券,听说,都三个月了,何大爷的病情还是很稳定,只是再也不能讲那些出生入死的故事了。

晚间的营养餐

　　这两个孩子太喜欢听故事了,每天晚上缠着爸爸妈妈讲故事,尤其是男孩非得妈妈讲上两三个故事才入睡,老是说:"妈妈,再讲一个,再讲一个……"男孩八周岁,女孩大一点,十一周岁不到。

　　妈妈有时候把自己在书里看到的故事讲给孩子们听,两个小屁孩听得津津有味,毫无睡意。第二天、第三天还要继续听"下回分解"。于是,妈妈转换方式,只讲一些平日所见所闻,但小男孩总会说:"妈妈,这故事太短了,我还是睡不着。"可他说这话时,姐姐往往已入睡。没办法,妈妈只能继续给儿子"加营养夜宵",可有时候妈妈自己也想睡了,真不想讲啊。然而,这时儿子的小手会抱住妈妈的脖子再次要求妈妈讲一个动听的故事,否则在黑夜里会想不好的东西,无奈,妈妈再次调动脑细胞,把自己的一些经历编成故事来讲。

　　妈妈告诉孩子们,自己从小生活在白龙镇,因为妈妈的奶奶是个佛教徒,所以,从小讲给她一些神仙的故事,非常美好,虽然奶奶讲的故事经常是重复的,但妈妈从来没有听厌过。奶奶经常告诉她,如何在村庄的河边放生鱼儿。村庄的河上有座三眼石拱桥,桥墩是由古色的梅园石拼接而成的,有些是粉色的,有些是墨色的,那些石头上都刻有各种形体的文字,还有一些人物雕刻图案,妈妈就问奶奶,这些石头上刻的是神仙还是妖怪,而奶奶常会根据这些图案信口编出一些美丽的神话给她听。直待长大后,她才知道,这些石头是从附近的古墓上搬下来的。在她们的村边原来有一个巨大的方家墓地,占地几十亩,边上还有数十间房子,有的是祭祀用房,有的是看墓人居住的,至今还留有部分墓基地。妈妈以为,孩子们听了这些故事会害怕,以后不会再要求讲了,谁知,他们听得新奇,抛出一连串的问题。女儿问:"那些石头现在还在吗,是不是文物古迹啊?"儿子问:"那些墓基地还在啊,怕不怕啊?……"说完,儿子再次抱紧妈妈说:"这故事真有点吓人,妈妈再讲一个美好点的嘛,否则更睡不着了。"

为了让孩子尽快入睡,妈妈又换个主题讲:那是十多年前吧,妈妈工作的地方经常要经过市区的鼓楼,那座鼓楼不知道经历了多少年的风风雨雨,但无论什么样的天气,鼓楼的门洞下总有几个乞丐,往往是以母女或父子般的搭配出现。尤其那里的小孩,都是缺胳膊少腿的。穿得脏不提也罢,不是超短超薄,就是极为破烂不堪。当时妈妈还没有生下你和姐姐,但看了都极为心疼,所以每次经过时,都会在他们面前放下五毛或一元。可后来,有一次与同事一起去办事,同事就笑妈妈,说:"你以为你放下的钱,这个孩子能用到?这些乞丐间没有任何血缘关系的,只是在骗骗你而已。你这叫爱心泛滥!"妈妈有点不信,回来时,特意在鼓楼边上那个最有名的北方包子铺里买了一个包子,而且把包子直直地放在了那个眼睛没有神采的男童手中。然后,同事又说:"你等一会儿回去看看,那包子肯定被边上的成年乞丐吃了。"妈妈真的回去了,如同事所言,那个小男孩什么也没吃,边上的成年乞丐却正吃得香。于是,她又去买了一个肉包,看着小乞丐吃进肚子里,那成年乞丐用没有一丝羞愧的眼神瞪着妈妈。小乞丐的眼里却噙满了泪水。

女儿在妈妈的故事中进入梦乡，儿子却半梦半醒，这时，忽然睁大眼，说："妈妈，下次我也给街头的小乞丐买好吃的。"

"你妈妈又在说教了，对不对？该睡了。"爸爸推开门来问。

"我没有说教，我只是讲了一个真实的故事而已。"妈妈说："无论哪个时代，善良永远是不会过时的。"

成　长

　　善良的妈妈得知肚子里有一个小生命时,在当天的报纸上看到五十公里外的小村庄有一名孤儿,由爷爷抚养,生活极为清贫,甚至连早餐也经常是有一顿没一顿的。妈妈当即决定负担该孤儿每天的早餐,汇去一千元钱。

　　大半年后,孩子出生了。妈妈为孩子取名:宝儿。一个再普通不过的昵称。婴孩宝儿经常在吃完母乳后又拿起自己的小拳头边吮边看着妈妈,笑。

　　待孩子会行走时,妈妈带着她去看望了孤儿,这也是妈妈第一次见那孤儿,之前都是用汇款的方式慰问。孤儿已七岁了,小学一年级,穿着一件已分不清色彩的短袖和黑色裤子。亏得妈妈为孤儿带去了两套崭新的夏装,当孩子换上新装时,原本紧张的小脸上露出了一丝欣喜。妈妈叫宝儿拉拉孤儿的手,孤儿听到"宝儿"这个小名时,腼腆地问了一句:"阿姨,你能不能给我也取个小名。"妈妈想了想,征求他的意见:"叫聪儿,好不好?"那孩子拍着手高兴地笑了起来,扑进了妈妈的怀抱,妈妈紧紧地搂住了他,宝儿使劲地去拉妈妈,怕妈妈只疼爱别人的孩子而忘了自己。后来,边上的老师告诉妈妈,"聪儿"从来没有那么高兴过。因为快过年了,妈妈临行前给了聪儿一个红包。后来妈妈收到聪儿的来信,信上说爷爷在年三十那晚让聪儿把红包放在了枕头底下压岁,告诉他,第二天醒来时便长了一岁。于是,第二天晚上,聪儿要求继续把钱压着,他说天天压,那样就能很快地长大,长大后就能孝顺爷爷和帮他的阿姨。妈妈看完信,泪水无声地下来。

妈妈第二次带宝儿去看聪儿时,宝儿已上幼儿园。那天正好六一节。妈妈与上次一样带去了一个红包,还有蛋糕、牛奶、新衣服。聪儿已上四年级,显得更腼腆了。这次,妈妈决定等聪儿一起回家,去他家里看望老爷爷,一位独自抚养孙子的七旬老人。

走近村口,到处是垃圾,尤其是白色的垃圾。宝儿习惯了城里的文明,哪怕看到路边有个丢弃的塑料瓶,都会捡起来放到远处的垃圾箱,如今,眼前一堆的垃圾,她的脚步再也不动了,拉着妈妈要停下来捡垃圾。最后,聪儿的爷爷和好几个上年纪的村民都拿来清扫工具,一起把村口的那个垃圾死角生生地给处理了。

后来,聪儿的班主任来电话,说聪儿变得爱讲卫生了。不光穿着整齐,而且发现教室里或校园里一旦有垃圾,会主动去捡拾。妈妈接到电话后心里非常震惊。

炎热的夏季,晚饭后,妈妈带宝儿一起散步,回来时在超市买了很多东西,两个人走得汗流浃背,途中各买了一根棒冰,妈妈顺手把棒冰棍扔到了地上,宝儿大叫:"妈妈,你怎么可以乱扔垃圾?"妈妈苦笑:"手上拎的东西太多,这么小的一根东西粘着手好不舒服,偶尔让妈妈不文明一次嘛。"宝儿笑着把妈妈扔的棒冰棍子捡了起来,说:"妈妈累了,宝儿替妈妈拿着。"妈妈心里很愧疚。又走了一百多米,宝儿把自己手中的两根小小的棍子扔进了垃圾箱里,扔之前仔细看了一下,扔在那个可回收物垃圾箱里。

　　妈妈每次看到宝儿越长越懂事时,都会想起远在五十公里之外的聪儿,会打个电话问候聪儿的情况,寒暑假时请聪儿带上作业来小住几天。

　　虽然,两个孩子来自完全不同的家庭,但两个孩子都已养成讲文明的良好习惯,在学校里是优秀生。

　　虽然,他们一年中见面并不多,却亲如兄妹,大哥哥会谦让着小妹妹。哥哥看上去老成朴实,妹妹虽小则贵气。大哥哥总说,只要穿得干净,衣服再旧都没关系。这时,小妹会拍拍大哥哥的肩膀,向他竖起一个大拇指。妈妈会站在他俩的边上笑,似乎这一切原先就在她计划当中。

　　不知道的人,真的会以为他们是亲兄妹。

你是我的骄傲

沈子强的堂兄沈子瑜本是全村的骄傲。

因为他是本市第一副书记。

但这几天沈子瑜却被村民骂了个狗血喷头,包括兄弟沈子强也在骂他。

为什么?听说,他下令要把沈家村那座锅炉给拆了。这锅炉是十五年前村民集资建造的,不仅解决了全村五百人冬天喝热水和洗澡的问题,而且连周边村庄都受益。后来,随着村经济的发展和交通的渐趋便利,村委会决定注入资金进行扩建,将锅炉房建为全县闻名的大浴场。无论是老百姓,还是为官经商的,都享受过林家大浴场。他沈子瑜也享受过。如今大浴场被沈子强给承包了,但年底各家各户都享受着分红。

市环保局曾多次检查、整顿烧煤的小锅炉。查完后,浴场依然能继续开张。可如今,"五水共治"来了,环保局说不拆除也得大力改造,不能再忽悠了,而改造费不是五千、一万能解决的。这可愁苦了沈子强,他找到村支记,支书也没辙。又找镇长,镇长说,"五水共治"关乎人类生态问题,更是民生问题,不是开玩笑的。可这么贵的改造费村里不肯出,难道让他沈子强一个人出吗?

于是,沈子强来到沈七爷家,沈七爷是沈子瑜的亲爹。这个村庄的人都姓沈,千百年来没出过什么商贾文人。沈子瑜在两年前当上了文城市第一副书记,算是族谱上最大的官了。这让沈家人的腰都挺直了,好像多少年来一直在受邻村气似的。

沈七爷沉默不语,只给了他一张名片。

沈子强用右手接过亲叔给的名片,看到自己手上的那个疤痕,决定亲自找沈子瑜,光屁股长大的兄弟,难道还能把他轰了出来?四十多年前,他俩一起在生产大队仓库弄堂玩耍时,一块瓦片从上面掉下来,眼见就要让沈子瑜头顶开花了,是他沈子强及时伸出右手挡住了下落的瓦片,而他的右手虎口被生生地缝了七针。至今,疤痕清晰可见。

进城,拨通沈书记的电话。电话那头的书记并不惊讶,从容地对乡下来的堂兄说正在开会,让他在办公室里等一会儿。

书记的办公室并不大,办公桌后三面环墙都是书籍。沈子强知道沈子瑜从小爱看书。虽说是一块儿长大的,可在书记的办公室里,他还是感觉到了十二分的别扭。案上放有许多红头文件,他不敢看,怕自己看了不该看的东西,开始后悔来得太鲁莽。一会儿又后悔自己穿得不够体面,给当书记的堂弟丢脸面,其实,沈子强只比书记大六个月,都四十八岁。又等了半小时,还未见人,他有点急了,手上拎的黑色袋里面除了两条软中华和两瓶茅台,另有两块"砖头"。他想自家兄弟也不是吃素的,总得知道个好歹,要是他收了,代表大浴场依然可经营下去;如不收,那真得拆改,这样不光他沈子强的利益受到重大损失,全村村民的利益也受损啊。毕竟,他们分开那么多年了,谁知道沈子瑜是不是变了呢?听说官场里黑得很,他会不会嫌自己小气?左思右想,沈子强决定把这个黑袋放进书柜里,然后,给沈书记发了一条短信,逃也似的出来了。

两天过去了,沈子强并没有收到沈书记的任何回复。

两周过去了,仍没有回复。

眼见着马上入冬了,大浴场的生意季节性太强了。

沈子强在心里一遍遍地骂着沈子瑜,又说不出口,心里窝囊极了。他沈子瑜是不是打算吞了这些东西而不作为?难道他真的变了吗?沈家可从来没出过不孝子。或许他把那些东西上交给了纪委,那怎么办?沈子强在路上遇到沈七爷,都绕着走。他不知道是自己对不起叔,还是叔对不起他。不对,应该是沈子瑜这个市委副书记对不起他!对不起全村人!

正当他的心稍有安定时的某个下午,沈子瑜来了,还带着一群人。这分明是又一次的检查嘛。

村民都来到了大浴场,远远地站着,想看看本族的兄弟怎么拆改锅炉。

听说那些人都是工程师,上上下下,前前后后,马不停蹄地查看着锅炉,然后向边上的沈书记做了汇报。

工作人员先走了,沈书记留下来,笑呵呵地过来了,对村支书说:"老哥,晚上一起喝点?"然后从车上拿出一个黑袋子,取出里面的烟分给在场的族人,又拿出两瓶酒,最后把装有两块"砖头"的黑袋原封递给了边上尴尬无比的沈子强,又握了一下他那只带有伤疤的右手说:"锅炉还能用,不拆了,改造的钱不足,我出。"

沈子强的眼里有了泪花,心里郑重地说:"好兄弟,你是我的骄傲。"

赤脚医生

　　四邻八乡的妇人都以吴大娘为骄傲,因为她是整个生产大队唯一的知识分子,是个有文化的赤脚医生。我们生产大队包含了四个自然村:尚河村、东周村、南严村、北径村,四个村中就数我们尚河村最小最穷。因地处偏僻,人们都说咱村是老鹰都不会来生蛋的地方,在新中国成立初期,村里年轻男子都讨不到媳妇。祖上曾经的辉煌历史已不能代表现代的生活,新中国成立后人们求的是实惠,没办法,讨不到媳妇的年轻男子只能娶隔着那座大山后更穷的山里的年轻姑娘为媳妇。像我父亲那样能找到我母亲这样的美女,估计是另有原因。后来,我才知道是赤脚医生吴大娘的功劳,她老人家经常利用"医权"为村里一些勤劳的小伙子解决个人问题。原来,吴大娘还是咱们村的大媒婆,我家的大恩人哪。

　　吴大娘是正宗城关人,娘家都是出门人,她的父亲也是行医的,吴大娘念过医学院,毕业后曾分配在县郊区某个医院当护士。可她又怎么嫁到我们那个边远的小村庄,嫁给农民吴四爷了呢?

　　小时候,只要知道吴大娘和吴四爷吵架了,我们一群小朋友就会结伴坐到她家那高高的门槛上,听她把心中的闷气给发泄了。那时的吴大娘正生着气,绝没有平时的风风火火、忙忙碌碌状,她只爱与小朋友说道,说当年吴四爷进城去探望他那在县里做小生意的大哥。恰巧,有一次大哥病了,就住吴大娘上班的医院里。于是,吴四爷一边照顾大哥,一边给年轻护士吴大娘讲农村的趣事儿,编排得生灵活现,甚至还把祖母从小告诉他的那些神话故事都放在尚河村的传说中,年轻的女护士被深深地吸引了。这样,当吴四爷第六回进城时,就把吴大娘给"骗娶"到了咱村庄。吴大娘说完不知从哪儿拿出一些早就准备好的糖果,有时是椰子糖,有时是大白兔奶糖,每人一块。其实,在她没发糖前很多小伙伴就已在惦记了。最后,吴大娘又会嘱咐我们,她说的话不准外道。我们当然不会外道,那些故事全是被风吹到了各家妇女耳朵里的,但大家从来不在背地里说一句吴大娘的不是。因为吴大娘不光爱护孩童,还带领妇女读书认字,还教村民如何照顾家中生病老人。哪家夫妻或婆媳吵架了,都爱请吴大娘去讲道理,做中间人。

几十年来,吴大娘已不仅仅是我们村的吴大娘,更是全生产大队的吴大娘。下雪的深夜,邻村老人哮喘发作,吴大娘踏着厚实的雪深一脚浅一脚赶八里路去急救;清明前,总有一些多病多灾的人要去阴间报到,吴大娘不光为人看病,还帮临死之人穿寿衣说好话;炎炎夏日,吴大娘同样要干农活挣工分,回到家,总有四邻八乡的村民等着挂盐水;秋风乍起,季节转换,感冒咳嗽增多,吴大娘四处奔波,忙碌不堪,全赖吴四爷这个下手打得溜。其实,哪次吴大娘的深夜出诊不是吴四爷陪同呢?长大后我才明白,吴大娘向小朋友发泄他俩的恋爱情节,不就是爱的表现吗?

村庄要被征迁了,差不多家家都是要做钉子户的节奏,镇里的领导带着村支部第一站便是上吴大娘家,然后请吴大娘陪着一家家地去做工作。村民们的意见集中而单纯:第一,以后地没了,吃饭都成问题,至少得有一块地继续让咱种菜种萝卜吧?第二,农民不可能一下子变城里人,哪儿可继续养鸡鸭鹅?第三,在新小区里造一个诊所,村民还是相信赤脚医生吴大娘。

最后,镇上都答应了村民的要求,唯有吴家曾祖母依然不肯搬迁。她说自己都一百岁的人了,还不能死在家里吗?村支书说:"以后宽敞亮堂的商品房就是你的家。"曾祖母又说:"我的家只在尚河村的祖屋,哪里的高楼大厦都不要。"镇长对吴大娘说:"这个老妖精还得你去说服。"吴大娘回:"她不是妖精,是神仙!其他人我都可以去说服,唯这位老祖母,我不能去说。"镇长的脸有点挂不住,悻悻地走了。

村民陆陆续续地搬离了,只有吴家几户还陪着曾祖母,其实,他们也签了协议,只想给老祖母一个适应过程。吴家曾祖母在百岁生日那天把留传数百年的接骨手艺传给了吴大娘。

就在那个冬天,吴家曾祖母挣扎了半天才透出了人生的最后一口气。寿终一百零一岁。走前,她的手上还拿着赤脚医生吴大娘给的红毛瓶,那是用来暖手的。

信 任

　　两个七旬老人手里各拿一个暖手袋,坐在那儿等待太阳。

　　已经早上,太阳像躲猫猫似的,只是露了半个脸又钻到云层里去了。穿黑衣服的老妇人手上的暖水袋本应该是粉色的吧,但几乎成黑色的了,依稀能瞧出它的本色,老人用手不停地抚摸着暖水袋,眼球浑浊,目光淡然,可能早饭吃好忘了擦,嘴角还有点黑乎乎的东西粘着。穿着紫色棉衣的老妇人显得更老些,她的肤色更黄,皱纹更多些,那双眼睛却显十二分的精明,穿着与神情一致的利落与精神。

　　老人的身边,不停地有父母或爷爷奶奶辈带着孩子从她们身边经过。七点半,上学的高峰期。黑衣老人说:"二十年前,我家两孙女读小学、中学都是我接送的呢。每天还要负责他们的早中晚三餐。那时身体健康,一点不觉得累。现在,让我多挪一步也不想动喽。"老人悠悠地说完,抬头瞧了瞧天空,恰好太阳慢慢地钻了出来,她眯起了满是皱纹的眼,抬起右手遮了遮眼。

　　紫衣老人说:"我家两个孙女,我从来没送过她们一次。现在,她们都工作了,偶尔也来看我,但不亲。"老人的声音也轻轻的,但刚气十足。说到这时,整个太阳从云层里忽地跳了出来,紫衣老人来不及闭眼,皱了皱眉,似乎表示出一种不满。黑衣老人却舒舒服服地伸了伸腰。她们都在四点不到就醒来了,现在才八点多。

老人的世界缺什么都不缺时间。

紫衣老人也眯起了眼,抬头看了看天上的云朵,或许她也在期待阳光的沐浴吧,对话就这样中止了。

前几天一直下雨,老人们只能盘在家里,听听雨声,看看电视。而电视上的那些枪战片、动画片、科幻片都不是老人们所能接受的。紫衣老人更多的时候独自拿些经纸念念佛。黑衣老人的生活相对丰富些,有时小辈会带她出去吃饭,走动一下,但她不想去。她的小儿媳妇就在白龙镇十字路水库上班,中餐后经常到她这里睡午觉,儿媳妇进来时总会问她吃了什么,邻里间有什么新闻,黑衣老人有时捡到风一样的消息说道说道,反正说过就忘,儿媳妇也从不当真,听过就咽下,下次来时决不重复问她同样的邻里故事。有时儿媳妇也说单位里的事,黑衣老人听不明白,但也哎呀地掺和几句,好像她也是那个单位一员似的。其实,紫衣老人的两个儿子也都住镇上,但他们很少来,儿媳妇只在重要节日时才到场。来时,她们都会买上新鲜的菜肴,但决不会与她拉家常。哪怕两个儿媳妇说话,都当她这个婆婆不在场,互相咬着耳朵讲,不知是怕吵到老人呢,还是怕被婆婆偷听去。是的,她们自从嫁入这个家,婆婆都是座上客,小辈孝敬长辈是天经地义的事儿。当然,紫衣老人作为长辈也从不参与年轻人的事。如今,两个年轻人成了中年人,且都退休了。当年,她俩生孩子时都希望老人帮忙带孙辈,但老人一口拒绝。大儿媳妇流产一次,小儿媳妇流产三次,她每次送三百元,都不曾为她们烧过一次饭菜,或在她们吊盐水时陪过五分钟。她的理由是要念佛。

有一次小儿媳妇问她:您是念佛之人,念的佛为什么要卖掉？如果您真信佛,应该去做功德,不要钱！她没有回答小儿媳妇的质问,镇上念佛的老人实在太少了,佛经生意出奇的好,小儿媳妇懂什么呢？现在回想起来,或许小儿媳妇当年的话是对的,她念了一辈子的佛,现在快念不动了,可还有人向她要佛经,且出高价。她手上有几十万元的存折,可儿子们从来没向她要过一分钱,她也不主动出手。如今,老人经常看着这些存折,陷入沉思。

突然,紫衣老人又开口了:"你的存折放哪儿?"她俩原是同事,一直在农村小学教书,直到退休,尚都首府里很多人都是她们的学生呢。紫衣老人第一次与人谈及钱。黑衣老人愣了一下,回答:"我没存折。""那你的退休工资呢？你不是有七千多元的月退休工资吗?"是啊,黑衣老人上次提及退休工资时,紫衣老人并没搭话,她知道紫衣老人向来视钱如命,哪怕对这个姐妹般的老邻居老同事都如此。黑衣老人说:"我的工资都在卡里。""你又用不了,那余额一直活期放着?""怎么用不完？两个孙女读大学时各给了两万元;她们结婚了我又给了两万元;大儿子买房出了三万元;小儿子没买新房,重新装修时我也出了三万元;平时卡上有多余的,就分给两个儿媳妇。"说这些话时,黑衣老人精神十足,分贝也高了许多。

紫衣老人却发出"嘿嘿嘿"的笑声:"怪不得都来得勤。是来拿钱的。你还用这个破暖手袋干吗,不好去换个新的?"黑衣老人低下头揉着粉色的暖手袋:"那是十年前大儿媳妇亲手缝制的,为了试暖手袋的效果,她把热水灌进去后自己先用,谁知没做好,水全部漏出来,把她整个右手烫伤了。至今,她手上还有很大一块白色疤痕。她向来最爱美,这个手却成了她的缺点。我儿子说拿他的皮肤去重新植一块,儿媳妇不同意。我说用我老太婆的皮肤去植,反正年纪大了都没关系。可大儿媳妇却笑着说,妈,这是孝敬您的胎记,咱不重植皮。"

紫衣老人听了怔怔的,再也说不出话来。

状元生

上班时,陈益君怔怔地对着无数的仪表盘,心想:要是这单位在她未上班的某瞬间爆炸了,夷为平地该多好啊。

其实,这个"恐怖"的念头在陈益君的脑海里盘旋了N年。尤其,在前段时间二十五周年同学会后,这个念头更为强烈。他本能地想把这个恶毒的想法压下去,可又本能地一次一次想起。在上班时的每一天,在看到仪表盘正常运转的每一分,在朋友圈翻到同学们晒各种"成功"的每一秒,这个念头都会冒出来。

高中三年,他是妥妥地拿着第一名的成绩,信心满满地当着他的班长。班上没有一个同学不敬重他,尤其女生似乎是仰望"四大天王"般的仰望着他的,甚至有女生说他长得像郭富城,唱得像刘德华,走路像张学友,神态像黎明。包括老师们也一致认为他前途无量。

但填报高考志愿时,父母让他选择高中中专,这样就注定他一辈子与高等学府无缘了,他有点伤心。班主任鼓励他填大学那档,但他想着父亲的怒容:"白龙镇中学又不是重点中学,历年来考入大学的只是凤毛麟角,你真以为自己有北径村杜健那么幸运吗?"母亲说:"保险点,先跳出龙门吧,还有个弟弟呢。中专读的是两年,马上可以工作,大学是四年,家里的境况你也知道的。"他咬咬牙,不再作声。

谁知,几天后校长亲自上门去劝说父母。一所普通高中,好不容易出来一个尖子生,不冲刺一下大学的校门,校长和班主任都是心痛无比的,而更重要的是,按他平时的成绩,考个重点大学都是大有希望的。当校长和班主任第三次登门时,父母不再开门,只从里面传出一个雄性的声音:"如果我儿子考运差,发挥失常,连普通大学都进不了,那中间的损失你们担得起吗?"校长灰溜溜地回去了。

　　其实,父母早就打听好了,像儿子这样的成绩完全可以考中专里面第一流的省电力学校,毕业后就在就近的发电厂上班,部级国有大企业,收入是农民人家不能想象的。

　　不久,他如父母所愿考入了省电力学校,亦如愿拿到了高工资。当时,同样毕业的中专同学月收入只有三四百元,他却已达五六千元,年收入过八万。同学们看他的眼神仍然像读高中时那样——仰视。这时,他想,父母是对的,收入代表着成功吧。家里的境况也因为他的高收入有了惊人的变化,父母在村里的地位也明显上升。每周末,他都会买上一大堆单位食堂里做的糕饼之类的食品回到小吴村,母亲在邻里和亲戚间分送着,眼里眉里是无尽的骄傲。

　　又四年,弟弟也顺利考入了一所中专学校,读的是机械专业。家里多了个机械师,未来收入也不会差。

　　他恋爱了,结婚了,生子了,一切顺利。爱人是同单位的,凭借夫妻俩的高收入,短短十年间,他们在城里买了两套房,单位里也分了一套,加一辆十万元的小轿车。高中同学毕业十周年同学会时,他是召集者,也是班上仅有的几个开私家车的。

　　一晃二十五年过去了,虽然他的私家车已换了一辆,可很多同学换了别墅,换了豪车,换了头衔,有几位同学身价上亿了,还有几位是书记、镇长之类的官员,连当年仰望他的女生都当了十年的科长了,而且这些女生的丈夫不是处长就是局长。而他仍是发电厂的一位班长而已,妻子还是普通员工,夫妻俩仍需三班倒,上下班都开着电瓶车,马路上汽车太挤,怕上班打卡迟到,迟到一分钟都要扣发月奖金的。

妻子知道他的郁闷,因为当年自己也是班上的佼佼者,在这个创立五十周年的大型国企里,哪个工人不是曾经的学霸和精英,哪有那么多的职位等着他们,且这些人都被当年的高收入诱惑着,成了温水里的青蛙,失去了跳跃的能力。

有一次,他自嘲地对妻子说:"人到中年,全家健健康康才是真吧。"妻子则对他说:"我只求每天高高兴兴上班,平平安安下班,你别把我换了就行。"

黄行长

　　下班途中,黄行长在经过第一个红绿灯路口时想到了一件重要事情,于是马上调头回去。

　　黄行长回办公室是为了取一张衣服单子,那是女朋友早上特别嘱咐的,晚上一定要拿回去的衣服单,下午他仔细研究了一下单子上写的地址,看完忘了放进公文包里,这不,正打算去拿衣服嘛。

　　黄行长四十岁了,怎么还没结婚吗?

　　当然不是!文城市邮政银行,不管总行还是下面各支行,大家都知道黄新是个情种,而且对感情特别忠诚。与他的堂兄弟黄大豆村主任有所不同,他曾有一个深深相爱的妻子。

　　二十多年前,妻子严芳是他的白龙镇中学同班同学,毫无疑问,是彼此的初恋,甚至可以说是青梅竹马——他们住邻村。但他的父母反对这场婚姻,理由只有一个:严芳患有先天性心脏病,医生断言她的生命不过二十年。但那时,她已二十五岁了,还健康地活着,这便成为黄新娶她的理由。他对父母说,严芳有我的爱,她能一直好好地活下去,我不允许她先我而去,她会为了我继续健康地活着。但女方父母也不同意他们的结合,理由很简单:哪怕严芳能够幸运地活着,但她无法生育孩子,这对单苗独子的黄家不公平。可无论双方父母如何阻挠,黄新和严芳

147

的爱情却没有受到丝毫影响,相反,家人的反对,更坚定了两颗彼此相爱的心。严芳也曾退缩过,黄新却对她说:"如果你不嫁,我立即出家当和尚。"为此,一对年轻的恋人抱头痛哭,但黄新怎么允许体弱的爱人哭泣呢?他们瞒着父母领了结婚证,在外租了一套房子过起了小两口的日子。黄家父母知道儿子心意已决,再细想严芳除了健康原因,其他真的无可挑剔,她性格温和,懂礼貌,识大体,每次来他们家吃过饭都主动干家务,还常为二老买各种各样的衣服、补品。听说她在单位里人缘特别的好。是啊,小镇上隔壁邻里都知道严家父母为人正道,什么样的家庭出什么样的孩子,严芳能如此强烈吸引儿子的心,必定有常人没有的魅力。

想通了的黄家父母亲把小两口接了来,接到早就为儿子准备的婚房里。

婚礼盛大隆重地举行。

婚后小两口的日子甜蜜、温馨,相亲相爱表现在点点滴滴。每个双休日,儿媳妇在哪儿,儿子就在哪儿;儿子在哪儿,儿媳妇就在哪儿。双方父母看在眼里,心生欢喜,但那份担忧仍时不时地会在心中升起,阿弥陀佛,愿老天保佑他们一世平安,白头偕老。

严芳的母亲,特意从古老的天童寺请来一尊佛像,天天上香,为女儿的健康祈祷。

人算不如天算。

也是这样一个寒冷的冬夜,黄新召集部分老客户年前聚会。他照例带上爱妻,这是人人皆知的规律。黄新怕妻子一个人在家,万一有什么状况,他不在身边没法照应。因此,他很少出差,工作范围基本上在市区内。上级领导曾有意重用他,调他到三百公里之外的武城市任第一副行长,被他婉拒了。在他眼里,妻子的生命大于一切。一个人在工作上再出色,终究还是要回归家庭的。他把这一切看得透透的。行长曾在众人前表扬他:像黄新那样重情重义的年轻人已是稀有动物。

那天吃的是潮州火锅,也是严芳的最爱。考虑到严芳的身体状况,大家特意选择在通风的大厅用餐。吃到下半场时,严芳提出先回家休息。于是,黄新陪爱妻到楼下,打了车。虽然,火锅店离家只有两公里路,但黄新向来考虑周到,坚持陪妻子到楼下一起等车。严芳推着他说:"车马上就到,你先上楼陪客户去吧,我到家后就给你发微信。"可谁知,就在黄新迈上二楼最后一个台阶时,听到"砰"的一个沉闷声。回头,楼下的严芳已口吐白沫倒下了。

黄新立即拿起手机拨打120,飞奔而下。当时,他还想,这种事,结婚十年来已不是第一次,妻子会挺过去的。可短短五公里的急诊之路,像走了整整一个世纪,严芳的心脏在救护车上已失去了跳动能力。黄新抱着她,轻声地呢喃着却没有流泪。到了抢救室,医生告诉他已回天无力。他仍抱着爱妻一动不动,一会儿梳理一下她的头发,一会儿整理一下她的衣服,一会儿又抚摸一下她的脸、她的手。妻子的手本来还是软绵绵的,等到双方父母到达时,严芳的身体已开始僵硬。岳母,本来是哭喊着跑来的,见到女婿这么淡定地抱着女儿的那一幕,突然停止了哭泣,似乎不愿意打扰小两口的温馨。黄家母亲靠近儿子,轻声地说:"新儿,我们带芳芳回家吧。"

黄新带着爱妻回到他们结婚十年的家。他让妻子在家整整躺了五天。五天来,他一眼未合,把他们相识三十多年来的故事,从头至尾,如讲故事般给严芳重复了一遍。所有来祭奠的亲友,没有感受到房间里死人的阴气,在黄新的讲述中,严芳似乎只是睡着了,而睡着了的她,依然美丽动人。

火化后,严芳父母向黄新父母深深地鞠了三躬。他们说:"我们的女儿到这世上是来享福的,虽然只有短短三十五年的生命,但黄新给予她的真情和爱远远超过了我们父母所给予的。她是带着爱离去的,谢谢。"

父母们彼此相拥,泪水终于喷涌而出。

每一个七头,黄新都整夜不休,把家里的所有房门和窗户全都打开,他说,这时候的严芳一定会回家的,晚上我们夫妻又可以相聚了。

岳父母看着憔悴不堪的女婿,劝他再找一个伴。很多朋友为他介绍对象,黄新都一一拒绝。

正当大家都对黄新的未来表示不抱希望时,突然,黄新有了新的女朋友,连他的父母都有点不知所措。

次年,黄新结婚了。

半年后,他的女儿就出生了。

现在已经是个会作诗的女孩子。

作诗的女孩

我有一双灵巧的手,
我的手会洗衣,
洗出来的衣服干干净净;
我的手会弹琴,
弹出来的音乐优美动听;
我的手会写字,
写出来的字工工整整;
我的手会折纸,
折出来的纸完美精致。
等我长大了,
我的手会做更多的事情。

清晨,尚都首府第二幢 0206 室的小女孩在阳台上朗朗念诗,邻居吴大娘从三楼上面探下头来,称赞道:"鹿鹿,你的诗作得越来越好了。"并向她竖起了一个大拇指。小女孩抬头向上面的赤脚医生吴奶奶报以一个感激的微笑,然后读得越发的大声了。这首诗是她昨晚的新作。

妈妈从书房穿过客厅,走到阳台间,给女儿一本新的诗集,嘱咐她读点新诗。女儿点了点头。她读完自己的诗,认真地开始读妈妈给的诗集。摇头晃脑读了三首,准备吃早点,妈妈已在桌上放了一碗红枣白木耳,一个豆沙包,几片苹果。她先喝了几口红枣白木耳汤,再吃两片苹果,又咬了半个豆沙包,剩下的半个妈妈拿过去了,边吃边上班去了,妈妈的单位在距离小区五公里外的白龙镇农村信用社。出门前,妈妈顺手把门口玄关台上的一本新杂志放进了包里。

中餐时,妈妈从食堂买了菜驱车赶回家中,今天的午餐是红烧肉和虾仁炒芹菜,妈妈又在家里冲了一个紫菜汤,放入几滴香油和几粒葱花,三个菜已放桌上,香气四溢。鹿鹿已从书房里走了出来,递给妈妈一首新诗。妈妈拿过稿纸,坐下来认真地朗读起来:

摇篮
大海是摇篮,
摇着鱼宝宝,
浪儿轻轻翻,
鱼宝宝睡着了。
天空是摇篮,
摇着云宝宝,
风儿轻轻吹,
云宝宝睡着了。
妈妈是摇篮,
摇着小宝宝,
歌儿轻轻唱,
小宝宝睡着了。

其中,有几个字鹿鹿不会写,都是用拼音代替的。妈妈读完后也向她竖起了一个大拇指。

鹿鹿坐进妈妈的怀里,用那双调皮的大眼睛看着妈妈,天真地问:"妈妈,这是我今天看了你给我的诗集后作的。"妈妈回答:"作得不错,所以你要经常读新的东西,不能老是看几本自己喜欢的书,这样视野容易被阻碍,只有多读多看,才会不断有新的灵感,才能在写作上有所提高。你已是一年级小学生了,一定要多读多写哦。"妈妈关切的目光是鹿鹿努力学习的最大动力。

晚上待鹿鹿放学时,小弟弟已经从幼儿园回来了,地上到处都是一节节五颜六色的托马斯小火车头,只见弟弟的小屁股翘在那儿,听到姐姐可爱的声音,桌底下传来一个更可爱的声音:"姐姐,我们一起玩托马斯吧,你想送什么货物到森林里?"

"弟弟,把我的新诗送到森林日报社去吧!"

"OK。"小弟弟说着伸出一只黑乎乎的小手。妈妈走过去打了他一下:"快起来,你进屋还没洗过手吧?"外婆从厨房间出来,说:"叫了多少遍,就是不听,进门就钻桌下玩了。"妈妈摇摇头把身上的包及鹿鹿的书包都一一放好。

这时,爸爸进门了,女儿跑了上去,似乎许久不见爸爸了。其实,黄新今天是早起了,他已是文城市邮政银行的行长,一早赶到省城去开会。黄新将女儿抱起来亲了亲,问:"是不是又作了诗?我家的文艺之星哦。""是的,请爸爸指点!"女儿把一个本子递了上去。上面写着:

爱

爱,是我睡不着的时候,爸爸给我讲故事;

爱,是弟弟哭了,我拿餐巾纸给他擦眼泪;

爱,是当盲人爷爷过马路的时候,我扶他过去;

爱,是探望生病亲人时的一声问候;

爱,无处不在。

　　爸爸认真地读完诗,直夸女儿有进步。小小的孩子高兴极了,大叫着"欧耶,爸爸表扬我了。小弟弟,快把姐姐的诗快递出去吧。"

　　"呜……咯嗒咯嗒……"小弟弟的嘴里发出小火车启动的声音,诗正走向远方……

跳动的心

　　每当下雨天的午后,肖玲就会注视着远方……

　　一会儿,眼前便会跳跃出女儿灿烂的笑脸,她刚放学回家,正亲热地叫着跑过来:"妈妈,我回来了,妈妈……"

　　那个雨天。午后,肖玲永远无法忘却,女儿明明已经到了家门口,可一声长长的刹车声,瞬间夺走了女儿的所有。

　　她已忘记自己那时是怎样地呼天喊地,怎样拼命地抱起女儿弱小的身体,女儿颤抖的身体一直在她的怀里,似乎一直都在……

　　当医生宣布女儿的生命无法挽救时,她怎么也无法相信,死命地捶打着丈夫,大声地哭喊着,责问着:"陈建,你救了那么多人,为什么就不能救救自己的女儿? 为什么? 为什么啊? 你给我去把笑笑救回来啊……"

　　丈夫使劲地抱住她,只有满脸的泪水和深深的无奈。

　　边上的医生和护士个个泪流满面。他们都太熟悉笑笑了,那是他们最敬爱的主任的最亲爱的女儿。笑笑经常带着妈妈来"偷袭"慰问正在值班或加班的爸爸,爸爸的同事都特别喜欢这个可爱的小精灵。有时她会给爸爸送个小点心,有时就跟爸爸说一句话,有时候来了就抱一抱爸爸。

　　正在肖玲失去所有正常意识前,丈夫却冷静下来,问她:"你真的想把女儿的生命留住?"她的眼睛一亮,神志似乎清醒了些,猛然抓住丈夫的衣服:"女儿还有救?"丈夫的眼神顿时黯然,再次抱紧了她,将自己的脸贴住妻子的脸,轻轻地:"我们用另一种方式把女儿的生命留下来,好吗?"丈夫问得很小心,但语气坚定。她又猛地推开丈夫的怀抱,惊讶地:"怎么留?""遗体捐赠!孩子现在的心脏还有跳动,许多器官可以捐赠。"丈夫边说边用一种乞求的眼神看着她。作为医生家属,她当然知道什么是遗体捐赠。夫妻俩平时聊天时甚至谈论过在百年之后也要遗体捐赠。但,问题是,现在,现在不是老迈的自己,是他们的女儿,年幼的女儿,怎么可以? 他怎么可以拿自己女儿的身体去救他的病人?"不可以!"她歇斯底里地尖叫。

一阵眩晕,肖玲失去了所有知觉。

可是,她很快又被丈夫救醒了。她虚弱地躺在他的怀里,不得动弹,多么希望失去所有的记忆,只是像恋爱时依靠着丈夫,他们的未来还有许许多多美好不曾到来。可丈夫依旧是满脸的凄楚,满脸的坚强,看着她,搂紧了她。

他把她扶了起来。

夫妻俩再次来到抢救室。

陈建第一个上前亲吻了女儿,泪水成滩地落在孩子依然稚嫩的小脸上。他抱着孩子的头,父女俩似乎仍然在说着悄悄话,很快,女儿的小手会围上来,然后再偷偷地露出一个笑脸,朝着肖玲笑,这时候往往是父女俩又想到了一个什么鬼主意,她期待女儿"咯咯咯"的笑声再一次从父亲的怀抱中跳出来。可没有,什么也没有,急诊室里有的只是冰冷冰冷的寒气,再也找不到暖暖的笑声。她捧着女儿的脸,从上到下,从下到上,久久地,久久地,不肯放手。

最后,成排的医护人员,都脱下医护帽向小小的孩子三鞠躬。

五年了,她时时刻刻都没有忘记过女儿。

他们都知道女儿的心脏和眼角膜移植给了别人,小小年纪救了一个人的命,改变了另外两个人的命运。因为国际通行的双盲原则,虽然丈夫是医生,但五年来他们始终不知道女儿的心脏和眼角膜捐给了谁。

现在,丈夫却告诉她一个惊人的消息,接受女儿心脏的那个人,辗转通过各种渠道想感谢他们,他把心跳的声音录了下来,录音带就在丈夫办公室。

听,还是不听?

三天前,她拒绝听!

可三天后,她终于控制不住了,她愿意再一次撕裂自己那颗受伤的心,"聆听"女儿的心。就如十五年前在孩子出生前,每天到医院听孩子跳动的胎心。

"嘭……嘭……嘭……"那是女儿的心跳,一如十五年前那跳动的胎心!

泪水瞬间决堤!

借　道

　　红灯跳起,张军的车速慢了下来,他跟在一辆崭新的宝马
X5后,前面车里传出帕瓦罗蒂浑厚的男高音,那是张军熟悉的
《我的太阳》。

　　"嘟嘟嘟",并行停于张军左边的汽车在发出信号,把张军的
耳朵拉了回来,司机已拉下了车窗玻璃,也是个四十不到的年轻
人。"先生,麻烦您借个道行吗? 我开错道了。"对方恳切地
征求。

　　"可以!"张军从方向盘上腾出右手,潇洒地做了一个"请"的
手势。他开的是直行道,对方是左转道。

　　"爸爸,把你的手放正了!"后面的儿子大声地警告他。儿子
虽然只有五岁,却是个小汽车迷,每次爸爸开车时,他就在后座
上紧盯着,什么时候进挡,什么时候退挡,儿子比他还专业。儿
子还给爸爸设置了开车标准,开车时必须双手紧握方向盘,而且
必须保持规定的姿势,就是两个手呈145度的钝角形,绝不可以
180度平行,在开车中途手不能随便挪开,哪怕遇到红灯时。

　　张军默默地把手放回原来的位置上,回望了一下儿子。

　　儿子正用不解的眼神看着他:"为什么要给那个人让道? 我
培训班都来不及了,要迟到了。"

　　"不会的,放心,爸爸有把握的。"张军淡定地回答。

"爸爸,为什么,你有时抢道,人家就不让你呢?"看来,儿子观察能力还真不赖。

"抢道是不好的,刚才人家是很有礼貌地向我借道,哪有拒绝的道理。"张军说完时,边上的车已开上了直行道,在他们的前方。

"哦,我知道了,下次你在抢道前也礼貌点嘛,那别人也会让你的,是不是?"儿子伸过小小的脑袋,狡猾地笑着。

"浙 BK6789,这车号真有意思。"儿子又开始研究刚刚向张军借道的车。"哦,也是大众系列的,SUV,他的车要二十七万元,比我们的高级……"

又一个红灯,停。

借道的那辆车又与张军的并行了,只是两道都是直行道。

司机又拉下了车窗玻璃,向张军挥挥手表示谢意。张军向对方点头微笑报以回应。

"爸爸,那个叔叔好像很有礼貌哦。"儿子又感叹。

"是啊,有素质的人。我们要好好向人家学习。"

父子俩边说边前进,一会儿就到了培训点。

刚送孩子进去,手机铃声响起,是丈母娘来电,老人家在电话里慌张极了,孕中的妻子下楼时不小心被邻居放在过道上的装修物绊了一跤,大出血。妻子本来就打算明天去住院的,还有一周便是预产期了。

"我马上打 120,送人民医院,您不要急啊,不要急,原地等候救护车!"张军一边劝丈母娘别急,自己这边急得不知道怎么才能发动汽车。

等他到达市人民医院时,救护车早就开到了,妻子已被推进手术室。张军又慌乱地从急诊室跑向六楼的手术室。一位护士拦住了他,丈母娘、丈人还有小姨子夫妇都已在手术室门外了。小姨子说:"他们的副院长亲自主刀,马上剖腹取胎儿。"

"副院长可靠不?"

"全市最好的妇产科医生,陈建!"小姨子说完指了指手术室外墙上挂的一串照片。那些人都是穿白大褂的,第一个医生照片下面就注着:妇科主任医师陈建。再细看照片,那不是一个小时前汽车借道的那个人吗?

张军的心里有点宽了,自言自语道:"这个医生的品德不错,医术应该也不错吧。"

"是的,我已打听过,医术医德都是一流的。"小姨子肯定地回答。

漫长的两个半小时过去了。

手术室的门开了,陈医生第一个出来,边上有女护士抱着婴儿。

医生告诉张军:"母女平安!"

张军的眼泪差点掉下来,来不及看刚刚出生的女儿,紧紧握住了医生的手。这时,医生也认出了他,两个陌生人熟悉地相视而笑。

"爸爸,爸爸!"一阵清脆的童声:两位小男生出现在电梯口。

一个当然是张军的儿子。

另一个是陈建的儿子乐乐。他在失去女儿笑笑后才有了这个儿子。从此肖玲的目光不再忧郁,但她经常会拿出女儿生前的照片告诉儿子,那是你的亲姐姐,她住在天堂,是一个美丽的小天使。

原来两个小朋友在同一个培训班上课。张军因陪妻子,刚才由小姨子去接外甥,迟了一步,孩子正紧张地在培训班门口张望。乐乐也没人接，小姨子多了个心眼问了一下孩子，才知道他的妈妈出差了，爸爸是市人民医院的副院长陈建，孩子很乖，知道爸爸经常会有临时性手术，一直静心等待着。

见孩子扑到自己怀里，陈院长真诚地向他们道谢："谢谢，谢谢你们把我的孩子也接来了。"

从此，张军和陈建医生成了好朋友，后来他们都在尚都首府买了房子。

张家每日三部曲

张军儿子出生几年后,他们就搬到了尚都首府,一家其乐融融。我们来看一下,孩子上学后的一日三部曲吧。

第一部:早上。

"咔嚓"一声,门被打开,外婆进来了。

几乎同时,女主人的手机闹钟声响起:六点五十五分。

读五年级的女儿立马从床上跳起来,叫:"爸爸,我要小便……"声音故意拉得很长。

睡着的爸爸迷糊地"嗯"了一声,起床! 只见他边套着外衣,边趿着鞋,脚上的拖鞋一个是红色的,一个是灰色的,为女儿拿来了物件。

女主人妈妈开始迅速地穿衣裤,起来时顺手又把被子掖了一下,因为小儿子还在熟睡中。

女儿已解完小便,重新坐回床上开始穿毛衣,动作比较大声,边嚷嚷:"妈妈,今天我穿什么裤子啊?"

"紧身黑裤,有小熊的那条。"妈妈的声音是从外面的卫生间传过来的。

"找不到啊,妈妈,快来帮我找裤子!"女儿再次大叫。

小弟弟从被窝里钻出一个头,眯着眼大声骂:"叫什么叫?

神经病,我还在睡觉呢。"然后又猛地钻回被窝里。

爸爸刚才已穿好衣服出去,现又跑回来:"昨晚上你妈没放好吗?""应该放了,谁知道她放哪儿了。"女儿急着站了起来。

爸爸在床上乱翻了一通,还是没找到,于是,拉开窗帘。一道和煦的阳光照射进来。儿子再次探出头来:"谁开的窗帘,太亮了,我要睡觉!"妈妈也跑进来:"小祖宗,睡前都告诉你放床后的,自己不管好,每天早上还要再问一遍。"

"找到了,找到了,地上呢。"爸爸拿起裤子给女儿穿,穿了一半时又顺手把窗帘拉上。

外婆进来,弱弱地问了一句:"今天早上除了菜泡饭,还想吃什么?"

"桂圆糖氽蛋吧?"妈妈一边在回答外婆的提问,一边把头转向女儿,其实是在征询女儿的意见呢。女儿头也未抬,趿着一双梅红色的棉拖鞋向外走,那双拖鞋一看就太小了,可她不舍得扔,做妈的也拿她没办法。孩子在经过外婆身边时,才答了句:"可以的。"

一会儿,爸爸回到客厅,在书桌上写着什么,女儿已洗完脸出来,饭桌上,泡饭和糖氽蛋已放上。妈妈手上拿着一瓶绵羊油,一个手指上已沾了白白的一点,跟在女儿后面:"来,涂一点,否则脸上要开裂的。""不要,这个味道太臭!"女儿叫道。"明明很香的,怎么说臭呢?"妈妈不明白,说着拉过女儿要往她脸上涂。女儿鱼儿一样地挣脱了:"我要吃饭了,别烦!""先让我涂上,否则下次裂了别再叫我买什么。"女儿打岔道:"你先给我梳好头发嘛,难受。"说着已经坐下来吃饭。"今天你先涂这个面霜,过几天我让人带的澳洲新款绵羊油就到了。""不行,我不要这种臭味,等新的来了再用。""那时你的脸和手就裂了,上面还有血糊糊的一丝丝的。"妈妈边说,边做出一个很恐怖的动作,女儿无奈地抬起头,配合妈妈涂了一点点所谓的"香香"。

爸爸不知道什么时候来到了身后,手上递出一张纸给女儿:"饭后把这道题给做一下。"

"妈妈! 你看爸爸又让我做奥数了,上学都快来不及了。"女儿尖叫。

妈妈拿着绵羊油走了,白了一眼爸爸。

"就一题嘛,规定好的一天三题啊,昨晚你睡得早了,今天补上。"爸爸笑呵呵地说,但话里也没回转余地。

女儿只闷头吃饭。

厨房里,外婆正在煮千里香馄饨,一边在烧开水,一边在洗保温杯,两个孩子带到学校去的开水要准备好,而且水温要适中,一个蓝色保温杯,一个棕色保湿杯,分别放在两个书包的侧面。

"时间到了! 妈妈,头发还没有给扎!"女儿吃完抬头看了一眼墙上的钟,再次尖叫。

"红领巾、校徽别忘了!"外婆从厨房里探出头提醒。

"囡囡,把这道题做了。"爸爸跟在女儿的后面。女儿已跑进卧室去。卧室里妈妈正在拉儿子:"小弟弟,七点二十分了,快起来!"小弟弟"唔"了一声:"你们都这么烦,我怎么睡得好啊。""既然睡不好,就快点起床,姐姐都要上学去了。"然后,回头对着女儿说:饭后擦一把嘴,再上润唇膏!"女儿白了妈妈一眼:"真烦!"乖乖地出去自己涂上了,胳膊扭不过大腿。女儿再次进来时,拿了把梳子和一条黑色的橡皮筋给妈妈。妈妈一边督促着儿子穿衣,一边为女儿扎头发,女儿说:"这边太紧了……这边高出来了……你不好扎得好点啊,怎么当人家妈妈的?""我就那水平,不行让你爸去扎?""他扎得更差。哪有妈妈不会扎头发的,什么父母?""对,我们就是那样的父母了,你嫌我们不好,明天把头发剪了!""不要,算了,算了,我算服你们了。"妈妈笑了。

弟弟穿好了衣服,混混沌沌地走向卫生间。妈妈跟着出来,一看,女儿的泡饭只动了一点,糖氽蛋基本没动,回头狠狠地问:"为什么只吃这一点?""来不及了,爸爸,快走啊。""你先把这题做了,花两分钟就可以。"女儿还是不理爸爸开始穿雪地靴。那雪地靴花了三百元大洋,妈妈边买时边附带了一个条件:必须在三天内把王尔德的那本《夜莺与玫瑰》读完,女儿表示同意。昨天刚买到时就穿上了,外婆一边赞美新靴子漂亮,一边又在感叹去年那双粉色的旧靴子只穿了一季便穿不了了。

"再吃一口蛋!"妈妈刚刚明明在帮小弟弟洗脸,不知道什么时候又拿起了糖氽蛋的那个碗,向女儿下命令,眼睛里分明有了怒火。女儿知道这时候再不吃的话,妈妈要变狮子了,只能再顺势张嘴啜了一口。谁知,一口还未下肚,妈妈的勺子又送到了嘴边:"刚才那口太小,只能算半口,再加半口!""啊,刚才那口很大的好吧?比这口还大呢!""那好,再加一点!"妈妈用挑衅的口气说,而且她拿着勺子的手故意动了动,似乎马上要增加半口,女儿叹了句:"怎么有这样赖皮的妈妈啊?爸爸!"言卜之意向爸爸求救,可爸爸就在边上拿着那张纸报题目呢,既然女儿不肯做,他退了半步,转换成口头问答。

外婆在厨房门口呆呆地站着,她本想去帮小弟弟洗脸,发现他已自觉出来,坐在餐桌前吃千里香馄饨了,只吃肉不吃皮。

等孩子们都上学后,外婆把桌上吃剩下的食物都一股脑儿倒进了自己的胃里。

妈妈又回到床上去睡个回笼觉,就十分钟。

第二部:中午。

11:30,"吃饭啦",外面的同事一声呼喊。

妈妈瞧了眼手机,真的,时间怎么就过得那么快呢。提上包,直往楼下奔。一般情况,她是不在食堂与同事们共进午餐的。

到家。

看到楼下没有外婆的三轮车。估计今天又有老师拖课了。

调头,车向学校方向。

校门口,北风吹得紧,儿子和外婆,还有几个年纪大的爷爷奶奶,或是外公外婆稀稀拉拉地站在校门口,边跺着脚,边骂骂咧咧的,其中有一个老人说:"再不出来,我去拎人了。都大半个小时了,我孙子肯定饿了啊。"另一个老人接上:"我孙女早上只吃了一碗稀饭,肯定饿了。"再一个叹口气说:"那老师自己不饿吗? 都 11:45 了,我孙女早上就喝了一杯牛奶,吃了一个白煮蛋而已。"

"儿子,快上车。"妈妈叫唤着儿子。儿子看到妈妈永远是最高兴的,亲昵地喊:"妈妈,妈妈。"好像刚刚出生的小婴孩的叫声,欢快地上了妈妈的车。妈妈立即用大手捂住他的小手,"冷不冷,咱们先回家?""不,我要等姐姐,她马上可以出来了。""可你不饿吗?""没关系,再等一会儿。否则姐姐回家更迟。""我先把你送回家,再来接姐姐。""不要,妈妈,再等一会儿,姐姐肯定很快就出来了。"于是,妈妈吩咐外婆先骑三轮车回去。

真的,两三分钟后,一支长长的队伍有气无力地出来了。

女儿把一堆作业扔进车里,满脸的不高兴。妈妈关切地问:"怎么了? 全班留学批评?""是啊,考得不好,老师分析试卷呢。""上来吧,还有几个男生全都上来吧。"妈妈热情地招呼着,那几个男生跑过来都上了汽车,都是家住附近的孩子。"真暖和哦,总算能回家了。"男生们一脸的放松,在他们眼里,从一个冷气空间进入到暖空调车内便是一种小幸福吧。

儿子一进家门就开始吃饭,外婆把部分已经冷了的菜再热了一下。女儿已坐到书桌前做作业,并且宣布:"妈妈,今天中午作业实在多,我不吃饭了。"妈妈走过去:"必须吃饭,饭是钢、是铁,作业不做没关系,身体健康第一,这么多年白教育你了!""烦死了,能不能别说了,一说总是一大堆。"女儿捂上了耳朵。

妈妈不出声了,过去为女儿盛了一碗白米饭,夹了两块红烧带鱼,剥了几个虾,又夹了些青菜,放到女儿边上。

"儿子,你别光吃肉啊,饭和青菜都要吃点。"妈妈提醒道。

"这个狮子头好好吃啊,妈妈,你朋友做得好好哦,你能不能学着点。"儿子满口油腻,一边用袖口擦了把脸。妈妈立即递上一张餐巾纸:"别用衣服擦啊,大冬天的,我可不天天给你们洗衣服。""我就爱擦,你要是不给我学做狮子头,我再擦几下。"儿子说着故意又抬起袖口。"人家从早上做到下午,就做你这几个狮子头,得多少工夫啊,你妈哪有这个时间?"

"那你也慢慢做嘛。"儿子抬头笑着看妈妈。

"这个是私家菜,有秘方的哦。"妈妈做了个"嘘"声动作。

儿子又说:"你又不笨,研究一下嘛,为了你家的小肉肉。"这儿子会撒娇,自称是妈妈身上掉下来的小肉肉。

"我的小肉肉,好可爱啊。"姐姐不知不觉已用最快的速度吃完了一碗米饭,眼睛痛,起来伸个懒腰,顺便抱了一下小弟弟。

咚咚,有人敲门。是爸爸,早上走得急,忘了带钥匙。

"今天作业多吗?"爸爸的第一声问候,女儿反射性地弹回书桌前:"很多,你别过来。"爸爸还是靠近了女儿"嘿嘿嘿"地笑着:

"那你做快点,早上那道题总得完成的吧?""不行!"很决绝的回答。"周五晚上陪你看电影,怎么样?""也不行,你走开,我要做作业了。"

爸爸走开了。来到弟弟边上:"喂,木头儿子,饭吃快点哪,等一会儿做一张口算题。"

"喂,木头爸爸,吃饭时候别来打扰我,好吗?"儿子瞪眼回复。

"木头儿子!"

"木头爸爸!"

妈妈这时正在边上看一本厚厚的小说,用她自己的话说这本小说原来计划半个月读完的,可现在已读了三个月。同时,不断地给儿子夹青菜。

妈妈每读一本书前,会让两个孩子读一下书名、作者、译者。正在读的是《呼啸山庄》,作者是英国的爱米丽·勃朗特,张玲、张扬译。妈妈还告诉他们,这位作家的两位姐妹也是世界闻名的作家,一位叫夏洛蒂·勃朗特,著有《简·爱》;另一位叫安妮·勃朗特,著有《艾格尼斯·格雷》。

妈妈从幼儿园时就指导孩子们阅读。

十五分钟后,弟弟总算吃完了他的大餐。

爸爸的口算纸准时呈了上来。儿子转身走了,拿起吉他开始乱弹。妈妈尾随而上:"儿子,你做一张就可以了,否则又要挨打的。""我不做,弹吉他也是作业,周五要去弹吉他的,妈妈,你不要包庇爸爸嘛。""我没有包庇他,学习是你自己的事,不要我们盯好不好?""难道弹吉他不是学习吗?"妈妈无语。爸爸妥协:"好吧,过一会儿再做。"

姐姐的确在闷头做作业。做完,抬头一看,12:20。大叫:

"爸爸,我要上学了,快点,来不及了,今天我值周啊。"

"这题奥数完成,马上送你。"

"不行,真的来不及了。"继续反抗。

妈妈:"囡,还是老实做了吧,否则晚上也逃不过的,还有三题呢?"

女儿狠狠地剜了爸爸一眼,接过了纸。没几分钟就扔回给他。然后跑向门口,爸爸跟上。

"儿子,看一会儿书吧,你爸走了。"妈妈对着桌底下的儿子说。儿子正在桌下搭建他的城堡,各种棉质靠垫、衣服、书籍,都被当作地毯或围墙用了起来。

"妈妈,总算今天中午没作业,你稍微让我玩一会儿嘛。"

"好,就五分钟,五分钟后起来阅读。"

"好的。"

妈妈边看书边注意着时钟的变化,外婆也已吃好饭,正在晒被子,今天的太阳真好,前段时间一直下雨呢,阴冷。外婆早上洗了一大堆四口之家的衣服,她想着,是不是趁这几天连续的阳光,把床上用品都拆洗了。

"五分钟!"妈妈准时发出命令。

"这么快啊,我还没玩够呢?"

"你说话不算数?"

"好吧,我上来。"儿子十二分的不情愿,但只好上来。

妈妈给他的书是北京一位朋友刚刚寄来的,里面有一本曹文轩亲笔签名的《草房子》,姐姐已经把那套书全读完了,弟弟才开始读第一本。

十分钟后,爸爸回来了,弟弟"噌"的一下跳起来:"妈妈,晚上见!"一溜烟地跑了。

第三部:晚上。

五点半,爸爸下班后准时到学校接孩子们。

"饿,爸爸,我饿!"

"爸爸,我也饿!"

"谁叫你们中饭不多吃点的?"

"吃了一大碗的!"两个孩子异口同声道。

"爸爸,给我们买点蛋糕吧?"女儿请求道。

"不行,回家就可以吃饭了。"

"怎么可能,妈妈做饭至少半小时。"女儿争辩。

"爸爸,你摸一下我的肚皮,瘪了。"儿子指了指自己腹部,装出一副极可怜状。爸爸笑了出来:"好好,买两个大饼吧,但回家后,你,先做四题奥数;你,先做一张口算。"

"oh,my god!"两个孩子一起做跌倒的姿势。

"妈妈,我回来了。"小弟弟每天看到妈妈还是像幼时那样上去抱一抱,亲一亲。

"今天有没有被老师批评啊?"

"你不好问今天有没有被老师表扬啊? 妈妈,你总这么问,宝宝要伤心的。"儿子马上摆出一副委屈样。

"哈哈哈!"全家都笑了。

"快洗手吧,今天有肉末蒸蛋、小黄鱼咸菜汤、红烧对虾、蘑菇炒青菜,还有你们最爱的鸡蛋干,最高级的那种。另外,外婆自己做了雪团。"妈妈向儿女们宣布着今天的菜单,说着又进厨房去,虾已经放在桌上,红烧虾上还有几粒绿莹莹的葱,看上去很美味。女儿边咬了一口白色的糯米雪团,边吩咐:"爸爸,能不能给我剥一个虾?""好的。"爸爸答应着便把奥数题及时地给了女儿。"妈妈,你看爸爸,我就吃一个虾而已啊。"女儿逆反性地反抗。妈妈正在里面炒青菜,玻璃门关了,油烟机的声音挺响,她没听到。

"多说无益,再喊你妈也救不了驾,老实点吧。"爸爸说着已经剥了三个大虾,其中一个给儿子吃。"我才不吃呢。"儿子平时不沾海鲜的。"不吃可以,下次也别想让我再给你买大饼啊,蛋糕之类的。""不吃就不吃,谁稀罕。""那你今天已经吃了,怎么办啊?""口算给你做好不就得了。"孩子不屑地说。

等桌上的菜全齐了,米饭、点心、筷子、勺子都一一就位,妈妈叫:"开饭啦!"仨都没回应,做作业的做作业,玩的玩,看书的看书。

其实,看看桌上那些已经被吃了一半的菜肴,除了最后一道小黄鱼咸菜汤,妈妈知道他们都已吃得差不多了,但米饭总归还是要吃点的吧。"你们如果一个也不来吃,明天我罢工!"这是妈妈的撒手锏。爸爸第一个慢慢地移了过来,顺带叫了声:"孩子们,先吃饭吧。""吃饱了啊。""吃不下了。"

"吃不下也必须吃,否则明天什么也没得吃!"妈妈上火了。

孩子们陆续过来了,儿子喝汤不吃鱼:"哇,这汤好鲜哦,五星级的。"儿子向妈妈竖起了大拇指。妈妈及时提醒:"那鲜味是鱼儿带来的,吃一口小黄鱼尝尝?"然后,挑了鱼背上没刺的最肥嫩的部分给儿子。女儿马上说:"妈妈,给我,给我吃。"儿子把鼻子和眼睛都挤在一起,比吃药还难受的样子,总算咽了口鱼。余下的都被姐姐和爸爸瓜分了。姐姐吃完鱼就回到书桌前,妈妈又开始唠叨为什么不吃米饭,爸爸说:"算了,算了,今天吃得还是比较多的。"

待妈妈吃完,里里外外整理完后,已是八点了。妈妈擦干手从厨房间出来,爸爸就下令了:"快来管你儿子,作业还有一半没完成呢。"

"你不好管一管啊,我又不是牛。"

"我管女儿啊,分工合作。"

"那家务怎么就不能分工合作,你不可以去倒个垃圾?"

"这是你的分内工作啊。"

"那你的分内是什么? 泡一杯茶? 烘一个热水袋,转来转去算是管作业了?"

"对,男女分工不同嘛。"

"狗屁,一边去!"

儿子的动作确实有点慢,妈妈不得不坐在他边上监督,否则一会儿铅笔断了,一会儿去找个什么本子,猴子屁股不得安宁。

只做了十分钟作业,儿子又请求:"妈妈,让我休息一会儿。"

"不可以,做完再说。"

女儿伸了个懒腰站了起来:"终于大功告成了。"

"休息一会儿,还有五道奥数题。"

"怎么又增加了?"

"老师今天发消息过来了,明天要考试,上次你才考了88分,老师和爸爸都很伤心哦。"

"你们伤心屁啊,本公举不伤心。"女儿快哭了。

"先看看窗外吧,眼睛休息一会儿。"

"黑漆漆一片,有什么好看的啊。"

妈妈无语,爸爸躬着腰在出新的数学题。

一会儿,爸爸说:"囡,休息得差不多了吧,来。"

"不来,我要阅读了。"说着便坐到沙发上,顺手拿起那本《汉修先生》。

"那好吧,你先读一会儿。"对于阅读,爸爸妈妈一致认为非常重要。

不久,弟弟兴奋地跳起来:"耶,完成喽!"跑到卧室,又回来:"妈妈,能不能让我看一会儿科教频道,就一会儿。""为什么?今天不是周末啊。""今天我完成得快啊,才八点半呢。""不行,稍微玩一会儿,就洗洗上床,还要阅读呢。""真没劲!"小弟弟无精打采地出来,来到爸爸身后:"爸爸,我们来个躲猫猫或摸瞎子游戏吧。""叫妈妈,我现在没空。""妈妈腰不好,她不会。""那明天吧,我今天要给姐姐巩固奥数。""谁叫你巩固的?我累了,要去睡觉了,妈妈,给我泡个脚吧,好冷。""好吧,房里空调已经暖和了,先洗洗。"

待姐姐洗完上床后,终究还是逃不出爸爸的"魔掌",开始做奥数。爸爸的理由,如果不做,晚上不陪睡。天冷,女儿习惯爸爸陪一会再入睡。

小弟弟在妈妈的催促下才跳进被窝,手拿《小猪唏哩呼噜》,拒绝看《草房子》。

熄灯后,弟弟要求讲故事,妈妈建议姐姐讲一讲《草房子》。

弟弟嘟哝着说:"我才不要听曹文轩的呢,我要听冰波的《阿笨猫》。"

姐姐说:"弟弟,每天是别人给你讲故事,今天,你讲一个给我听听吧。"

弟弟灵光一闪,兴奋地说:"好啊,我想想,姐姐,我就讲我们俩还没来到这个家的故事吧。很久很久以前,天神生了我们两个,然后让我们去找人类的妈妈。唔,找啊找,找哪个妈妈好呢?然后,你先找到了,说这个妈妈不错,我先下去看看,然后你就成了妈妈的女儿了。然后我一直在天上等姐姐的回音,等了一个星期没音信,等了一个月还没消息,后来终于有了导航定位,'砰'的一声定位到姐姐了,哈哈哈,我钻到妈妈肚子里了,嗯啊嗯啊,又一个小毛头出生了,那就是我,我们终于找到这个世界上最善良的好妈妈啦。"

弟弟还没说完,姐姐便开始鼓掌。

妈妈却再也睡不着,又要失眠了。

干粉蔡大婶

　　从来不失眠的蔡大婶失眠了,而且她这个失眠很隐秘,连她的丈夫也未察觉。

　　这天早上,蔡大婶的外孙女第一个醒来,三岁不到的小屁孩坐在小床上,看着外公外婆还在呼呼地睡,就开始尖叫起来:"外婆,外婆,囡囡尿尿了!"

　　听到孩子的叫声,蔡大婶一个条件反射,从床上弹了起来,边上的蔡大叔也被吵醒了,揉下眼睛问妻子:"怎么回事? 你还没起床?"

　　蔡大婶回过神来,迷迷糊糊地下床走到了外孙女的床边。这张奶白色的小床是去年孩子她奶奶,也就是蔡大婶的亲家买的,听说要四千多元,这之前,孩子睡的都是藤摇篮。现在藤摇篮就放在粉色小床的后面,里面堆满了外孙女的各色小衣服。一抹晨光从窗外射进来,刚好落在藤摇篮的尾部,那藤并不因为岁月的洗礼而失去光泽,相反,越发的金光闪耀,油亮光滑,在秋日强烈的晨光中泛着古老的气息。据传蔡家从蔡大叔的父亲那辈起都是睡这个藤摇篮长大的,到外孙女已整整四代了。外孙女出生时,蔡大婶立马向婆婆要来了此摇篮。女婿小沈是城里人,小时候没睡过这种摇篮,他不放心,还要妻子在网上买一个新式的婴儿床,为此,女婿与丈母娘间第一次有了隔阂。后来,

175

敏敏虽然没在网上买婴儿床,但亲家母为孙女买了,听说那材料叫原木,没气味,环保。蔡大婶在女儿家见到那张婴儿床时,感觉到清爽,但总闻有一股异味,油漆的异味。可亲家母说环保得很,蔡大婶心想自己是农妇,怎能与一个当干部的亲家母去理论呢。反正,最后外孙女抱到乡下来养了,这样,管他什么原木还是旧木,外孙女就睡老蔡家的古老藤摇篮。木藤是一种棕榈科植物,在山间到处都是,但打摇篮的木藤非常讲究,据婆婆说,那藤是祖上太爷亲自上山采来的,亲手打制的,当时还打过两把藤椅,因为藤椅坐得时间久了,都破散不见了,而这个藤摇篮倒留了下来,算是古董了,所以,婆婆一般不轻易外借。

"外婆,囡囡今天要去小溪里抓鱼!"小屁孩抓住外婆的衣服,冒出句吓人的话,把蔡大婶所有的思绪拉了回来。她轻轻地掸了一下外孙女的小屁股:"刚才说要尿尿,现在却又想出另一辙,你这小精灵,是刚从山上跑下来的吗?""嗯,妈妈说囡囡是蓝精灵村里来的蓝妹妹啊,蓝妹妹可爱又调皮,就是要去抓小鱼嘛。""不可以的!"蔡大婶边回拒边脱去蓝蓝的尿不湿,那尿不湿厚厚的、鼓鼓的,至少五斤重。蔡大婶提着沉重的尿不湿往外走,一边又对蓝蓝说:"你妈妈让我晚上不要再给你垫尿不湿,我看,如果不用,你的崭新小床不久就会烂掉。别以为天热尿床没事,那还不臭死我们二老?估计你妈是心疼钱,她心疼钱,还到处乱跑游山玩水,把你这个小蓝精灵放在这里,一扔就两年多。瞧,都半个月没回来了,也不关心一下她老娘累不累。"依然躺在床上的蔡大叔发话了:"老婆子,有话到外面唠去,我还要睡觉!"蔡大婶马上闭了嘴:是啊,今天这是怎么了,一大早开始抱怨女儿,还冲可爱的小精灵蓝妹妹发脾气。

蔡大叔是靠手艺吃饭的,专为造房子的人家做水泥工,力气活,特别累。昨天刚刚在二十里外的一个村庄为人家盖房结了顶,今天可以休息半日,中午到那家去吃上梁饭。蔡大叔的出工经常由老天决定,天不下雨一般都得出工。有时下雨,还得在室内蹚粉、浇水泥、刷墙等。蔡大叔干得很累,每天从工地回来吃过晚饭,与小外孙女逗几句就去村里的小店里围观村民玩牌。如果碰上第二天休息,顺带在那儿与大伙儿打几圈麻将。昨晚,就是这种休闲时光,因为第二天早上可以休息,这也是入夏至秋后那漫长的两个多月时光中蔡大叔第一次打麻将。昨晚出工回来已是七点,吃好饭洗好澡都快八点了,但还是有人等着他一起过麻将瘾,其实也就是几个在一起做水泥工的村民,蔡大叔也就这么一个小圈子。这不,一打打到了子夜一点。当然,这时候蔡大婶是不会去指责他的,丈夫平日里的辛苦她全看在眼里。今年入夏以来持续高温,天天都在三十六度以上,只有七月下旬时来了两次台风,但那两次台风只是在浙江打了个擦边球,刮到蔡家门口时,只飘下零星几滴小雨花,据说那就是"台风影响"。而这不痛不痒的"台风影响"却使蔡家女儿女婿半个月无法回来,因为单位要值班。蔡大婶心里有点火,这大热天的,她这个五十八岁的老妇人,日日夜夜都要管这个幼小又特别顽皮的小精灵,因昨晚的失眠一下子又恢复了更年期,心情不好了。平时外孙女亲她时,她还是感到非常幸福的,但一天下来,等孩子入睡后,就觉得这把老骨头快散架了。半夜里,有时孩子会哭叫,有时又在梦里嬉笑。无论哪种情形,蔡大婶都绷紧了神经,都会立即从大床上弹跳起来跑向孩子。说实在的,自从蓝蓝双满月后抱到外婆家,整整两年半有余,蔡大婶没睡过一个囫囵觉。即使在大白天,孩子表现很乖,当外婆的心里始终有份沉沉的责任,怕给孩子吃得不好,拉了肚子;穿得不当,伤风感冒。更怕对不起亲家公亲家母,毕竟孩子不姓蔡啊。

有一次,女儿和女婿突然带着亲家公亲家母出现在家门口,蓝蓝虽然很久没见爷爷奶奶了,但还是第一时间跑了过去,抱着亲家母的大腿,甜甜地叫着:"奶奶,奶奶!"眼前的情景,蔡大婶心里有点不是滋味:明明是我养大的,却亲奶奶,小白眼狼。此想法在蔡大婶脑海里一过,她看到亲家母抱起孩子亲了一口,然后上上下下打量了半天,对亲家公说:"你看,我们的蓝蓝瘦了。"亲家公拍了拍孙女的小脸,目光缓和地落在蔡大婶的身上,亲切地说:"蓝蓝长高了,当然是要瘦的。亲家母,你辛苦了!"敏敏觉察到了母亲不快的神情,马上招呼公婆:"爸爸妈妈,快进来坐。"一边吩咐丈夫:"把车上的东西拿下来。"女婿从车上拿下两箱进口葡萄酒,两箱啤酒,这是送给蔡大叔的,有一条新裙子是给蔡大婶的。女婿说这些全是他父母的一点心意。接着又拿下两大箱孩子的用品,牛奶、衣服,当然包括尿不湿。蔡大叔出工了,不在家,蔡大婶就临时去距离三公里外的白龙镇上买了些海鲜,加上自家山里土特产,做了五六个菜,请亲家公亲家母在家用了便饭。临行前,她装了一大袋自晒的笋干送亲家母,亲家母推托说:"我们家人胃不太好,不适宜吃笋干之类的。"亲家公倒是爽快之人,拿过去直接放到车后备厢,笑着说:"自己不吃也可以送朋友嘛,咱亲家母手工制作的,可珍贵嘞!"

是啊,蔡家祖祖辈辈住山脚下,除了笋,也没什么其他珍贵之物了。对一家山民来说,毛笋冬笋是一年的重要收入,其实也别无其他收入了。改革开放后山民和农民一样都外出打工,而蔡大叔做的是手工活儿——泥水工,挣的是血汗钱。蔡大婶姑娘家时学过裁缝,娘家在镇边的陈池村,婚后就在小山村开了个裁缝店,当时生意也不错。后来经济发展了,大家都到集市上去买成衣,扯布做衣的越来越少了,镇上也有了个规模较大的服装厂,于是,蔡大婶被招了进去,一干就是二十多年。八年前退休后,又被服装厂返聘了。众所周知,缝纫工每天八九个小时坐在那儿干,腰、肩、眼睛都不好了。有时为了赶活,经常加班加点。还好,后面几年,她因缝纫技术出色,改任检验工,专门检验成品衣。服装厂做成人和孩童的运动服,全是出口的。这样,蔡大婶在退休后又干了多年。那时,女儿刚考入市民政局,参加工作不久。蔡大婶一边拿着两千多元的退休金,一边又有三千元的返聘收入,心里美滋滋的,但她不舍得用,想为女儿积多点的嫁妆。在女儿工作第三年,便说要买车,蔡大叔说要买就买好一点的。女儿自己出了两万元,其他的都父母出了,买了辆奥迪 A1,30万元。不为什么,只因女儿找了个高贵的男朋友,男方是城里人,市规划局的,父母都是公务员,父亲是市人大副主任,母亲是宣传部一名处长。蔡大叔和蔡大婶怕城里人看不起他们山里人,咬咬牙提前为女儿买了豪车。当红色的奥迪 A1 开进小山村时,村民的眼睛都发亮了。三个月后,当女儿带着男朋友回家时,男朋友开的是黑色的奥迪 A6,再一次为蔡家争了一回脸。村民知道了蔡家女婿还是研究生,这下,蔡大婶的脸上真的是油光锃亮的。是的,这几年,蔡家越过越好了,全家人笑容满面。一年后,蔡敏敏就与这位城里的公务员结婚了。婚礼是搬到市区办的,蔡家的七大姑八大姨全由宽敞的大客车接到五星级饭店,喜酒的钱蔡家一分没出。可风光背后,依然是家家有本难念的经,其中的诸多不易和困惑,蔡大婶只是不便对外道罢了。尤其是小外孙女出生后,她觉得自己的日子又回到了三十年前,甚至还不如女儿小时候的状态呢。

　　"叮咚",蔡大婶的手机发出响亮的声音。手机是女儿用过的二手货,苹果6。蔡大叔的,是女婿用剩的。当然,小夫妻买了不久前新出来的苹果7,听说两部手机要一万五千元,真贵!蔡大婶听后直心疼,当场说了女儿,说她能不能节俭点。女儿抬头看了看她,一句话没回,继续盯着手机的屏幕;女婿头都没抬,依然捧着手机玩游戏。

蔡大婶瞟了一眼手机屏幕,是女儿发来的微信。微信当然是女儿给安装上去的,女儿说:"妈,你太老土,现在城市里八十岁的老太婆都在用微信扫码购物消费。"蔡大婶说:"什么扫马扫猪与我何关?我一个山野乡村妇人讲究这些做什么?"女儿又说:"有了微信,可以不用打电话直接聊天,不费钱,还可以随时发图片,发各类信息,多好啊。我婆婆与你同岁,用得可溜了,你也一定要与时俱进。"蔡大婶没好气地回:"你婆婆是干部,我哪能与她并肩并坐?我看自己也是后退了,不仅当外婆,还当了免费保姆!"这时女儿抱住她的后背,装了个轻声的动作说:"妈,你别顽固了,我婆婆都用苹果7了,我们俩的苹果7都是她买的。"原来如此!有钱就是好,钱把敏敏收买了,婆婆比亲妈好啊。

女儿不光给蔡大婶装了微信,给蔡大叔也装上了。还教会了他俩如何发朋友圈,如何上传图片,如何发视频。但蔡大婶很少用这些东西,除非女儿要求她传一个蓝蓝活动的现场视频。不过,蔡大婶闲暇时学会了看朋友圈。这不,前几天,她看到女儿和女婿发了个图片,才得知刘德华要来本省开演唱会了,这可是头一遭听说。从女儿女婿发的内容看,他们好像都已买票了,很贵,且一票难求。

蔡大婶打开微信,上面写着:"妈,下个周六我们去省城看演唱会,不来看蓝蓝了。"然后是一个亲嘴,又一朵花,又一个抱拳。

蔡大婶看完手机,扔到边上,说了句:"养了个白眼狼!"

蓝蓝可听不懂外婆的唠叨,尿不湿一拿掉,万分的舒畅,躺在小床上伸了个懒腰,又回毛绒绒的小熊边,撩起衣服,装作给小熊喂奶样。一边嘟哝着说:"小熊熊,等一下妈妈去抓鱼,给你喂鱼汤喝哦。"

蔡大婶见小外孙女这副样子既可爱又好笑,已完全从失眠的混混沌沌中清醒过来。拉起孩子换了睡衣,给她套了一条半新不旧的裙子,走向厨房间。只听孩子还在身后说:"外婆坏,打扰囡囡喂奶了。"

"阿蔡,阿蔡在家吗?"是邻居阿娥婶的声音。

蔡大婶刚刚从厨房的冰箱里拿出昨晚新包的虾仁馄饨,水还未开,这些馄饨是专门包给蓝蓝享用的。她自己在另一口灶上煮着泡饭,就着昨晚蔡大叔吃剩下的半条红烧河鲫鱼,还有几片酱瓜,打发一顿早餐。

蔡大婶刚应了声:"在哦。"阿娥婶已迈进了她家的木头门槛。蔡大婶家的这间灶间是三十年前结婚时婆婆分给的矮平屋之一,估计有四十年的历史了。在敏敏十二岁那年,蔡大婶改造和扩建了原来的另外一间矮平房,并且造起了两间两层楼的现代水泥房。在女儿结婚前两年,又花了十五万,里里外外重新装修了一番,所以,房子看似全新的,质量非常好。灶间也在当时再做了粉刷,铺了新的地砖,拉了顶,新购置了脱排油烟机和冰箱,唯独这条木头门槛原封未动,蔡大小姐敏敏就坐在这条木门槛上长大的,从小替妈妈剥毛豆,听妈妈讲故事。现在,蓝蓝也经常坐在这条门槛上听外婆讲故事,陪外婆做家务。外婆讲的当然还是那个阿毛剥豆,剥着剥着只剩下毛豆壳,人消失了,阿毛被狼叼走了的故事。

"阿蔡，你家那个藤摇篮还在不？我家儿媳妇昨晚剖腹产，带柄的，九斤九两。"阿娥婶笑着进门来，同时向蔡大婶递上一包东西，里面有长面、红糖，还有一包什锦菜，最后那包是给阿蔡过泡饭的。她俩做了三十年的邻居，谁喜欢吃什么彼此心里明镜似的。

蔡大婶接过东西，说："祝贺，祝贺！"停顿了一下说："你真打算把孙子接到山边来养？"

"那怎么办？我做阿娘的好推托？"

"也是，你又空闲在家，怎能推呢？哎，看来，要与我做伴了。"蔡大婶叹了口气又笑起来。

阿娥婶说："养也好的，谁养亲谁，再说是我王家孙子，哪有不养的道理。你还养着别人家的孙女呢。"蔡大婶对邻居的取笑也不当一回事，立即自嘲，说："是啊，都独生子女，没什么王孙还是蔡孙之分了，都自己的血脉哦。"

"是啊，都自己的血脉！"阿娥婶脸上笑眯眯的，此刻，她的心里当然乐开了花。

蔡大婶看到灶上的水滚了，把馄饨一个个放进去。又为自己盛了一碗泡饭放桌上，又一边请阿娥婶快坐。阿娥婶说："今天就不坐了，得马上进城去，昨晚儿子陪了一夜，我要去接班。"

蔡大婶笑了，立马做赶走状："去吧，去吧，急着看大胖孙子去！"

阿娥婶回头又笑了下，在蔡大婶耳边咬着说："要是我孙子来山边养，你家那个藤摇篮一定借我用用。"

蔡大婶做了个轻声的动作："知道了，但不能让我婆婆知道，要是她白内障好了，你得马上还来。"其实，关于借藤摇篮的事，蔡大婶与阿娥婶半年前就讨论过了，私下早约定，只要阿娥婶孙子来山里头住,蔡大婶就同意把藤摇篮给小孩睡,只是不能让八十九岁的老婆婆发现。

阿娥婶走后,蔡大婶陪蓝蓝一起吃完早饭,本来思忖着如何问女儿关于演唱会的事,可小不点儿一直喊着要去溪坑里抓鱼,怕孩子的吵闹声太大,影响还在里面睡觉的蔡大叔,蔡大婶无奈,与以前一样,命令蓝蓝提起塑料小桶,拿上网兜。祖孙俩一前一后从院子里出来往大路边的溪坑走去。

今天,蔡大婶穿着大红花头的乔其纱裙子,既像睡衣,又像被面。蓝蓝穿的是淡粉色的真丝套裙,也像睡衣,但清新可爱。农妇与城里小女孩的典型同时出现在这个小小的村庄中。蓝蓝所有的衣服都是她妈妈或奶奶买的,而且按女儿的要求都是要搭配着穿。有一次,女儿回家来,看到蓝蓝上衣和下裙没配套,就说蓝蓝像个乡下野孩子,要求母亲一定要按她买来时的搭配。其实,蔡大婶也知道女儿说的有理,配套穿当然比不配套显得好看、时尚,但忙时谁还顾这么多,再说了,她与蓝蓝每天待在家里,穿得那么得体给谁看?因为这句话,蔡大婶曾生气好几天,后来还是蔡大叔做的和事佬。

"一老一小,又来抓鱼啊?"吴大爷坐在溪坑边上的大树下抽烟,头上戴着一顶破旧的草帽,脚下是一堆细碎的竹竿,身后还有几把刚扎好的竹扫帚。看来,他老人家已经在这棵大树下干了几小时的活儿了,现在是忙碌后抽烟解乏呢。

"是啊,蓝蓝,快叫吴爷爷。"蔡大婶回头对外孙女说。

"吴爷爷早!"蓝蓝奶声奶气地叫着,小屁股一颠一颠的,走起来极为可爱。

"爷爷帮你一起抓鱼吧!"吴大爷笑着说。

"好啊,好啊。"蓝蓝笑着举起了双手,表示赞同。或许蓝蓝也感觉到外婆今天兴趣不高。

蔡大婶自有心思,所以乐得让吴大爷带孩子。吴大爷是有名的大善人。前几天蓝蓝来抓鱼时,蔡大婶在坑里差点摔跤,亏得吴大爷放下手中活儿帮忙一起抓鱼。其实,这个季节溪里的鱼儿不大不小,偶尔有几条肥的也轮不到小屁孩抓了。当前,自驾游多起来,双休日经常有人到山边来玩,还自带着工具抓鱼。哪怕村民上前阻止,也依然阻止不了。有时,山村边上的土豆、南瓜、玉米、红薯,甚至鸡鸭都会被偷走,防不胜防。所以,有时有个像吴大爷那样天天在村口溪坑边上扎扫帚的,真的会起到保安的效果。至少,白天小偷小摸少了许多。若有游客再下溪捕鱼,吴大爷会在边上悠悠地来上一句:"鱼子鱼孙总归要留下几条,做事不能太过头哦。"大多数游客会因为吴大爷的这句话而羞愧离去。

见蓝蓝跟着吴大爷在溪水中玩得发出阵阵欢笑声,蔡大婶坐下来打开手机,在微信里给女儿回了几个字:"下班后最好来一趟。"早上听广播说台风不来这里了,那女儿或女婿总有一个不用再抗台了吧。其实,从市区开车到这里,不堵车的话也就半小时,堵车的话难说了。

"好的,晚饭后来。"女儿在微信里答复。是的,晚饭后过了堵车高峰期,这样的话七点左右便可到家。蔡大婶想了想,又认真翻开女儿的朋友圈仔细看了看刘德华演出的海报。一会儿,她就到溪边上的旱地里摘玉米、拔花生了。

蓝蓝和吴大爷从溪里捕上来五条比她自己小手指还小的肉丁鱼,鱼儿虽小,但蓝蓝手舞足蹈,兴奋非凡。

祖孙俩又一前一后地往回走,刚出来时,蓝蓝走在前面;现在她走在后面,唱着大人听不懂的小调,手上握着一个湿湿的绿色网兜,上面还沾着一丝青苔,神态煞是可爱。蔡大婶走在前面,左手提着小桶,里面有鱼有水;右手抱着一袋已剥好的玉米和洗净的鲜花生,脚步好像也比来时轻松了许多,嘴角略有勾起。

这一天,蔡大婶都是在似笑非笑的状态下度过的,心里期盼着女儿早点回来,又希望女婿这次不要来。

山边的日落比城里的要早些,蔡大婶六点不到就与蓝蓝两个人在院子里露天石凳上吃完了晚餐。她不停地向院外张望,远处马路上,偶尔开过一辆小轿车,蔡大婶的心就收紧一次,可那几辆小轿车都往山里面开,没有拐进来的意思。每一次总让她有点失望,拿起放在桌上的手机,看了一眼,才六点钟,哦,女儿五点半下班,这会儿说不定还没到婆家呢,她的公公已退休,每天为家人买菜做饭。

蓝蓝吃完饭抱着小熊立在水桶边玩小鱼儿。中餐时,因为小桶里的水放太多,有一条小肉丁鱼跳出了桶,不一会儿工夫就在火烫的水泥地上晒成了干,小不点儿深深地哭了一场,哭得汗流浃背,蔡大婶只能又给她洗了次澡。夏天,蓝蓝差不多每天都要洗两次澡,不是因为弄脏了就是哭脏了,反正,蔡大婶全天就伺候她,其他家务,只有待她睡着的时候抓紧做。尤其是早上买菜,一般她都是在蔡大叔和蓝蓝还在睡觉时就起床,开着电瓶车去镇上买点,一买吃两三天,有时候女儿女婿回来,不得不再去买一次。今天,她没心情买,就让女儿吃正宗农家土菜吧。以前,阿蔡很少买蔬菜,经常上陈池村哥哥家去割,如今村子拆迁了,哥哥和老母亲都住到尚都首府去了,母亲把自己分配的那套八十五平方米的房子半卖半送给了女婿老蔡家。但老蔡喜欢自己的山边沿老家,房子空着给敏敏了,敏敏的公婆倒有意向,想退休后住到尚都首府来。

　　盼星星盼月亮,又过了将近一小时,敏敏那辆红色的小奥迪终于出现了,拐进来了。蓝蓝认识妈妈的汽车,兴奋地跑了出去,蔡大婶站了起来,又坐下。

　　敏敏下了车,身上又是一件漂亮的镂空花长裙子,束腰,黑色底子红色小花,时尚且有女人味。女儿自从进城后就再也不是原来的那个乡下小姑娘了。她从车里拿下一盒精致的甜点,这可是乡下买不到的,蓝蓝是个标准的小吃货,这个没正儿八经管过亲生女儿的年轻母亲,总是用城市里那些新奇的玩意儿来笼络小屁孩,小屁孩当然喜欢这些好吃的,那可比外婆炒的面条啊、煮得粥啊、包的饺子啊、做得松花团啊更吸引她。女儿抱起蓝蓝亲了亲,拿出一块小蛋糕让孩子先请外婆尝一尝。

　　蔡大婶坐在竹椅上不打算动,然后盯着女儿问:"你什么时候去省城?"

　　女儿答:"周六中餐后去吧。"

　　"当晚回来?"

　　"计划住一晚,妈,你有事?"女儿觉得有些奇怪。

　　蔡大婶突然低下了头,轻声地答:"没,没什么,我就想,是不是我也该进省城去看看你小姨了。"

　　"哦,那样啊,那好,我们早上到这里接你们,先到小姨家,晚上我们去看演唱会。"

　　敏敏话没落,蔡大婶猛地抬起头,眼睛发亮:"真的?那说好了,你们去之前来捎上我。"

　　"妈,当然是真的,你很久没和小姨见面了,这不,都是带蓝蓝的缘故。"敏敏说得轻松自在,语气里略有点歉意。

　　蔡大婶的眼光又一下暗下来,问:"你的意思,把我和蓝蓝放

186

小姨家？"

"当然，这样不好吗？"敏敏还没听出母亲的弦外之音。

"哦，这样啊，这次能不能不带蓝蓝？"蔡大婶不好意思地说出了这句话，低头不看女儿，似乎自己做错了事。

"怎么，蓝蓝，您不打算带上？"

"我看蓝蓝就别去了，毕竟长途。"

"那谁管呢？"

"你婆婆有没有空，帮忙带一个晚上，就一个晚上。"蔡大婶用似乎有点乞求的语气说。

可敏敏说："妈，您不知道，我婆婆居然也是个刘德华迷，我们都给她买好票了！"

蔡大婶的心里一下子凉了，又一下子热气外冒，差点就把这房子给点着了。"怎么你婆婆可以光明正大地去追星，你妈还需在这里拐弯抹角地求你？还得撒谎说想去看你小姨？"蔡大婶当即黑下脸来，一声不吭，进屋去了。

敏敏不知实情，跑进屋来："妈，您这是怎么了，蓝蓝都这么大了，怎么不能进省城啊，再说，我小姨也喜欢孩子的，蓝蓝去了，不更热闹嘛。"

蔡大婶坐在客厅里打开电视，不理睬她。

敏敏想母亲肯定是认为自己对婆婆好，委屈了亲娘。其实，母亲不知道，在她心里，亲娘永远是亲娘，婆婆是客人，永远只是婆婆，她讨好婆婆只是为了小家庭的和谐。

见母亲不说话，敏敏又走到院子里，和蓝蓝一块儿，也吃了一块小蛋糕，这种手工定制的蛋糕，虽贵但入口即化，的确美味。完了，她轻轻地对孩子说："蓝蓝，你外婆好像生气了，怎么办呢？"

蓝蓝不解地问："外婆从来不生气的,是妈妈惹外婆生气了?"

敏敏一伸手,表示她也不知道。

蓝蓝屁颠屁颠地进来了:"外婆,妈妈说你生气了。为什么啊?"

蔡大婶看看外孙女,一把揽过来:"外婆养了一只白眼狼,亲别人的妈。"

这话被站在门口的敏敏听得一清二楚,她想,母亲对婆婆原先就有成见。这两个人要是一起坐上轿车去省城,一个看演唱会,一个探亲,不知道合适否。这样想着,心里也有了点小郁闷。

这边,蓝蓝又在问:"外婆,你没养狼啊,你只养了小鸡小鸭,还有就是蓝蓝我。"被小外孙女这么一说,蔡大婶笑了,说:"蓝蓝,外婆想去省城,你让外公带一天呢,还是跟着外婆走?""外婆不要蓝蓝了吗?"孩子委屈地问。"要,要!""外婆,省城有什么好?""去问你妈吧。"

蓝蓝又屁颠屁颠地跑出来,问敏敏:"妈妈,外婆说要进省城,省城有什么好玩的啊?"

"省城好着呢,比我们的小山村繁华多了,比我们的文城市还热闹。蓝蓝要去吗?"

"要去要去。"蓝蓝拍起了小手。

"可外婆好像不愿意带你去。"敏敏边说边故意冲着里面的母亲。

"谁说的,外婆愿意带我,她让我来问你的。"

"啊,那你外婆刚才生什么气啊?"女儿仍丈二和尚摸不着头脑。

那晚,蔡大婶是真的生女儿气了,所以,没有再与敏敏多说什么,等她回城时,也一副爱理不理状。晚上蔡大叔回来时,她还在失眠中,盯着天花板看呢。

平时粗心大意的蔡大叔似乎看出了点什么。他的身体向蔡大婶挪了挪,蔡大婶一个转背,没理他。蔡大叔想,昨晚的麻将又没输钱,这个月的八千元工资不都如数上交了吗,这老婆子摆什么臭脸呢?然后一下子把蔡大婶抱了过来。

"干吗,干吗啊?"蔡大婶大叫起来。

"你说干吗呢?"蔡大叔反问,还是把老伴搂了过来。

"惊醒孩子了,走开点。"蔡大婶从床上溜走了。

蔡大叔有点泄气,问:"你在想什么呢?"

"你家闺女这周六去省城看演唱会,你知道谁来了吗?"蔡大婶依然带着情绪说。

"刘德华!"蔡大叔边说边笑,还捂上了嘴,怕真惊醒了小床里的蓝蓝。

蔡大婶一个拳头打了过来,熄了灯,倒在蔡大叔的怀里,还是亲夫了解她啊。

那一晚蔡大婶没有失眠。

早上醒来,感觉一切都是清新的,精神相当饱满。

又过了三天,也即周五早上,女儿发来了微信,有两张图片。一张是她拿着刘德华演唱会的票向母亲炫耀;一张是她婆婆正在试穿一条新裙子。敏敏说,票是女婿给丈母娘买的,衣服是亲家母试穿好送给她的,让她看演唱会那天穿。蔡大婶看完,就进了厨房,不久,里面响起了剁肉的声音,那是蓝蓝最爱吃的肉饼子炖蛋。

"阿蔡,阿蔡,人呢?"阿娥婶从城里回来了。

"在呢,在这里儿呢。"蔡大婶迎了出去,问:"怎么不多住几天啊?"

"别提了,我儿媳妇嫌我脏,嫌我做的饭不好吃!"阿娥婶一脸的怨气。

"怎么这样啊,直接说你的?"蔡大婶如是问。

"那倒没有,那个月子保姆啊,你不知道,像一个太上皇,只负责管孩子和大人,什么家务不干,那我总要帮忙吧,这不,出院才两天啊,就嫌我这个农村来的婆婆做得不干净。我那亲家母的脸色好难看哦。"

"你去的是儿子家,又不是亲家母家,这房子还是你儿子自己买的呢。"村里人都知道阿娥婶的儿子是个有才气有骨气的孩子。

"就是这话啊,你说气人不?然后,让我儿子传话,拐弯抹角地说,让我进城带孙子,如果我不进城,这孙子就由亲家母带了。"阿娥婶又说。

"那你怎么想的?真要进城带孙子,让你家老陈一个人待在这里变鳏夫?"蔡大婶说着就笑起来。

阿娥婶可没心情笑,坚定地说:"反正我不进城,落得清净,亲家母欢喜带让她带好了,她吃不消了自然会来请我的。"

蔡大婶狠狠地拍了下阿娥婶的肩膀:"好,好样的!想得透,我是落了圈套脱不出来了,你那亲家母啊,还不如你拎得清呢。"

"那么你是说你也拎不清了?"阿娥婶反问,狡黠地笑了。

"我拎不清的,怎么会拎得清呢?我不是与你那亲家母一样啊,带着外姓人,还以为自己很高尚啊。"蔡大婶说着自己也捂起嘴笑了。

两个大婶发出阵阵大笑声,使边上的蓝蓝不得不停下来瞧着她俩。以她的智商还真搞不懂这两个外婆在笑什么呢。

无脚活生

阿三是什么人？全村闻名遐迩的"无脚活生"，却有着人人羡慕的爱情。

在我们农村，"无脚"意指生活没着落，干事很不踏实。"活生"是猴子的方言发音，意指此人像猴子一样不停地折腾，上蹿下跳，不知道干什么好。我说的这个阿三，已有五十出头了，因为本是个"无脚活生"，注定了他做光棍。

你说他是光棍嘛，对，是光棍，但他与邻边陈池村光棍"跷脚阿权"又有本质区别。"跷脚阿权"的别名是"和尚阿权"，但"无脚活生"阿三绝不是和尚，他的生活太丰富了。

他的老父亲开了个小店，是东周村唯一的一家小店，已有三十年历史了。村庄拆迁，老父亲把三套房子中的一套出售了，加点钱头进一间店铺，就在尚都首府，依然是开小店，取名"活生便利店"。店名还是黄主任开玩笑时取的，有村民说得改回"生活便利店"，但"无脚活生"的老父亲倒觉得黄主任取得有意义，对儿子说："阿三，这个便利店名字是按照你的习性取的，以后这个店就由你来经营。但愿你能改邪归正，自食其力，混口饭吃吃。我什么时候脚一蹬见你妈去也不知道。你姐有自己的家庭，你一大把年纪了，总不能厚着脸皮去找阿姐和姐夫过活吧。"姐姐家并不富裕，阿三比谁都清楚。也正因如此，当年拆迁时，老父做主把其中一套房子按政府拆迁价给了阿姐,阿三没话头。现在阿姐那套房子已给外甥结婚当了新房。阿三就一个阿姐而已,之前还有个二姐,但二姐在他很小的时候就病逝了,那时阿三还不太有记忆。于是,阿三作为家里独子,父母过于宠爱,便成了村民嘴里的"无脚活生"。

阿三和老父住在第六幢的 1805 室,朝南二间,上面还有个小阁楼,父子俩凑合着过。老父常抱怨这个"无脚活生"儿子,一大把年纪仍是东打几天工、西撒几天网的,不着家。老父要求他不要再外出打工,安安心心经营便利店。

可阿三居然向老父亲提了个让他安生的意见。老父让他说来听听。于是,阿三大着胆子说,他要娶南严村的寡妇阿丽为妻。老父亲睁大眼,半天答不上话来。这么说,村民传说的阿三与阿丽有一腿是真的,而且这个传说在二十多年前就存在了。村民还说阿三把打工的钱都交给寡妇了,还帮寡妇养大一双儿女。现在阿丽的女儿出嫁到了余杭,儿子去年也结婚了,就住在本小区。但阿丽仍住在村里的老房子,她把其中一套出租给了开面店的老范。阿三还说,若娶了阿丽,他就住到南严村去。

阿三的那几句话把老父亲生生气出一场病来。

第二天,阿姐上门来,狠狠地骂了他一顿。阿三忙前忙后守在老父亲身边,倒没再说半句不孝的话。而且在父亲生病的几天里真正管起了"活生便利店"。

老父那天感觉不错,起床后慢吞吞地逛到店里去,却远远地闻到店里传出红烧狮子头的香味,原以为阿三每天是从外面快餐店里买来给他吃的,原来他自己动手在烧。他什么时候学会了烧这道复杂的菜?那是他妈在世时的手艺,失传多年了。老父亲吃了第一次,就想吃第二次。这半个月来,阿三每天给他带各类新鲜的菜肴,狮子头是保留节目。就是这些美味佳肴使老父亲对阿三的气消了许多。

正当老父亲跨入店内时,听到几声"咯咯咯"的笑声,女人的笑声!老父的脚迈出半步便停留在空中。

忽然,眼前出现一个干干净净、朴实的中年女人,估计四十多岁,正拿着一大袋垃圾出来,但老父听人说过,寡妇阿丽有五十四岁了,难道眼前的女人是别人?

"我先给阿爸送饭,你看好店哦。"里面传来阿三的声音,他的右手拎着一个三层的饭盒,左手是几根香蕉。老父最近有点便秘,阿三手上的香蕉当然是给老父的。

"阿爸!"阿三看到老父亲目瞪口呆地站在店门口。

阿丽看到阿三的样子,全明白了。她急匆匆地进去拿了一个布包,对着父子俩温婉地笑了笑,说:"你们就在店里吃吧,我先回了。"

老父很想白那个"婊子"一眼,但好像行动不便。

待阿丽骑着电瓶车远去,他才发现店铺门口新搭了一个晾衣服的竹竿,上面挂满了他和阿三的衣服、被套等。是啊,已是腊月天了,又快要过年了,两个光棍的衣服、被褥每年这时候都是由阿三拿到阿姐家去洗的。

看着这些晒得整整齐齐的衣服、被套,老父亲不禁靠近了些。突然,闻到一股淡淡的野玫瑰的香味,在农村,野玫瑰即月季花。这香味似乎是阿三衣服上的香味,每年过年前家里一大堆被套棉袄拿去洗浆回来就是这个味道,特别好闻。老父亲想得有些出神。

阿三在他边上轻轻地说:"阿爸,阿丽是我初中时的同学,我们是初恋,我一直在等她。"后面半句轻得连他自己都听不到。

又一年,阿丽在村里的老房子必须全部拆除光,阿丽也搬到了尚都首府。从此,老父亲经常能吃到最爱的狮子头,全身上下穿戴整整齐齐,干干净净,"活生便利店"的经营也越来越兴旺了,因为增加了个"老板娘"。

小区里的人也不再叫"无脚活生阿三"了,都规规矩矩地叫"阿三,阿三"。而阿三有什么事都会及时跟阿丽说一声,再也不"无脚活生"地乱跑了。

黄小鸭之死

宝儿一放学便跑进了自己的房间,关上了门。

妈妈想,二年级的小朋友有秘密了?

该吃晚饭了,妈妈去敲门,听到里面有音乐声,问:"宝儿,在看电视吗?"过了两分钟,女儿才探出一个小小的脑袋,神秘地说:"妈妈,我在排一个节目,别来打扰哦。"

"什么节目,连妈妈也要保密吗?"

宝儿歪着头,一本正经地答:"老师说每个班都要在六一节表演一个节目,我是班长,要主动策划一下。"说完又关上了房门。

房间内,八岁的孩子想起两年前。当时,她读大班。周末,妈妈接她回家,在路上,她看到街头有位老爷爷挑着竹箩在卖黄小鸭,那群嫩黄的密密麻麻的小鸭子声音细小,"嘎嘎嘎",一个个晃动着脑袋,向外张望。她不肯再挪动半步,盯着小鸭子一句话也不说,只是装出一副非常可怜的样子,又略有点笑意地抱着妈妈的腿不放。妈妈当然知道她的意思,无数次回农村,只要看到外婆家的小狗或邻居家的小猫,孩子就走不开,经常会要求妈妈抱一只回家。怎么可能呢,妈妈哪有时间再伺候一只小动物。

将三只小鸭子带回来的那晚,宝儿觉得妈妈是世界上最好的妈妈,好像妈妈这些年来对她所有的好,全不如给她买那三只黄小鸭来得好。宝儿立即给它们取名:爱丽丝、白雪、小黄。前两个名字来自她最喜爱的芭比娃娃的名字,但"小黄"这个中式的名字,纯粹是根据小鸭的色彩来命名的,这只小鸭不像其他两只身上带着黑色的点点,它的毛全身一律金黄色,超萌。

晚上,妈妈整理出一个大塑料盒让小鸭住,可它们似乎很不习惯四周被挡住去路,一直"嘎嘎嘎"地乱叫。宝儿心疼极了,又轻轻地把它们一只只捧出来。走在地板上的小鸭子自由极了,餐桌下、沙发底、书桌边,到处乱走。它们翅膀还没长好,一路狂奔,声音也变了,那轻快脆亮而富有饱满情感的叫声,似乎在感谢小主人的善待。妈妈问:"小鸭拉屎了怎么办?我只允许你玩两天,两天后送到外婆家。"她哭着脸乞求:"妈妈,求求你了,让我带它们一星期吧,就一星期,我实在太喜欢它们了。"说着,把小黄捧了起来,用它那毛绒绒的身体贴住自己的小脸,小黄似乎早就感觉到小主人才是最亲的人,依偎在她的耳朵边轻轻地摩擦着,亲昵极了。宝儿一会儿把小鸭请到沙发上,一会儿请到书桌上,一会儿又请到玩具堆。鸭子互相追赶着,盲目又新奇,幼小的宝儿也很是新奇,一直追随着鸭子的脚步。连吃饭时都把小鸭子放到餐桌上,父母看那几个刚剥出壳的小东西似乎制造不了太多的麻烦,居然允许它们共进晚餐,这简直乐坏了宝儿。那一晚,宝儿差点没抱着小黄入怀而眠。

周六,宝儿就待在家里陪小鸭子玩。早上,先给鸭子喂食,又弄来一个小脸盆让它们游泳,还让小鸭子陪她一起看绘本,她感觉从来没那么快乐过。平时的周末,妈妈会带她去公园,但公园里陌生的孩子也不一定会与她一起玩。除了爸爸妈妈,宝儿接触最多的是外公外婆,偶尔才有爸爸妈妈朋友的小孩子一起玩。但玩的时间总是那么有限,大人还会对顽皮的她们有诸多限制,更多时候是在争吵和哭闹声中结束的。唯有这三只小鸭子,都很听她的话,她想让它们去哪儿,它们就赶着去。虽然鸭听不懂人语,但小鸭子的所有动作,都成了她快乐的源泉。

周日外婆来电,叫她们去吃晚饭。她决定让外婆也看看那三只可爱的小鸭子,尤其是那只聪明的小黄。

农村天气晴朗的傍晚,人们都爱在院子里吃饭。外婆家有她最喜欢的小狗,其实,也不算小狗,已养了两三年,她让小鸭子与小狗一起玩。当然,小狗并不喜欢这三个新来的朋友,一直在追赶它们,而她一直保护着小鸭子,试图让两种小动物和睦相处,边上的大人们看着孩子、狗、鸭互相追逐,只是笑。宝儿却为了不让狗和鸭吵闹,一直在努力劝导,累得满头大汗,气喘吁吁。

开饭了,宝儿被妈妈叫到了餐桌边,刚扒下一口饭,便听到一声惨叫,只见小狗咬住了小黄的脖子,她尖叫一声,扔下碗筷就去追打小狗,很快,妈妈、外公、外婆都放下手上的东西来追小狗。小黄的惨叫声、另两只小鸭的惶恐声、孩子的哭喊声、大人的训责声全挤一块儿,等小狗放下小黄时,小黄已没了气息。她捧着小黄歇斯底里地哭,小黄原先软柔的身体在她的小手上慢慢地冷却,慢慢地僵硬。她的喉咙哭哑了,已发不出声,人倒在妈妈的怀里,手中依然抱着死去的小黄。外婆心疼她,也在边上抹泪。

那一晚,宝儿一直在哭泣,梦里都在哭喊着"小黄",两只幸存的小鸭陪伴在她的小床边。

第二天,在全家人的再三说服下,她才同意把小黄埋在花坛里。

第一次经历生与死的别离。从此,她再也看不到与自己相亲相爱了三天的小黄了。深夜,宝儿在噩梦中惊醒。好几天依然显得没有生气,很是懊悔,不该把小黄带去外婆家。在妈妈的建议下,另外两只鸭子送给了别的亲戚,那亲戚家没狗,门前有一条清澈的小溪。

今天,她决定自编自导节目《折翅的黄小鸭》。节目中的黄小鸭没有死,而是残疾了,变成了一只折翅的小鸭子。她邀请了很多小朋友一起表演,其中一位男生演小狗。她自己演一只颤抖的折翅的小鸭,妈妈还特意为节目配了音乐。

妈妈共同参加了孩子的六一汇报演出。折翅的黄小鸭被小狗追赶多次倒地,又多次站起来,勇敢地与小狗决战,最后体力不支了。这时,边上出现了更多更大的鸭子,他们一起赶走了凶恶的小狗,最后,黄小鸭还是站了起来。

观看到此,妈妈站了起来,使劲地鼓掌,边上的家长们似乎也看懂了,都鼓起掌来,掌声越来越多,响成一片。

当宝儿从舞台上下来时,眼里噙满了泪水,妈妈拥抱了她,小黄在孩子的心中复活了!

演出结束,《折翅的黄小鸭》获三等奖,专家点评美中不足的所在:这本是只不正常的小鸭,如果是一只快乐的小鸭,便完全不同了。或者,它根本算不上一只鸭子,最后还是大鸭子们保护了小鸭。

可只有妈妈知道,宝儿心里那只黄小鸭已经死了,她能再次让鸭子重新复活,已创造了奇迹,这是她的一个梦,一个勇敢的梦,或许她一直没有忘却那只死去的黄小鸭,这本是一个创新的想法和带有十二分感情的演出。所谓的专家却再次扼杀了一只折翅小鸭子最后的希望——活的希望。

喝醉酒的女人

她不喜欢喝酒,却很会喝酒。

她是宝儿的小姨,一个单亲妈妈。

一般的酒局她都推掉。推不掉的酒局,她都是一瓶起喝,无论红、黄、白。谁叫她从来不会喝醉呢。

其实,会不会喝醉只有她本人知道。每一次喝完酒,她都不需要同席的任何人送,只说再见。时间久了,大家都知道,有一个英俊的同龄男人会准点来接她。那个男人开着一辆大奔,彬彬有礼,如果有别人在场,他还会微笑点头致意,然后轻轻地问她一句:"还好吗?可以走了。"她见到他时,眼睛总是一亮,然后羞涩地一笑,把包递给他。她喝得再多,脸再红,他从不搀扶,总是保持距离又紧跟其后,像是怕她一下子倒了。奇怪的是,她从来没有倒过。在靠近大奔的那一刻,他会自觉加快脚步,及时为她拉开后面的车门,看她坐好了,拉下车窗,与外面的人礼貌道别,才缓缓启动车子。大家都知道,她开的只是白色高尔夫。

一个开高尔夫的女人是怎样傍上这么个体贴又帅气的大奔司机,大家一头雾水。有人曾借着酒醉问她,那男人到底是谁?她笑而不答。

其实,每一次等车开出不远,她都会躺下来。后座上早就为她准备了一个大抱枕,还有一条干净的小毛毯。他会开得很慢,一边开，一边问："难受不？要不要吐？"如果她回答难受，他就会在最近的道口停下，打开车门，等待着。或许她真要吐呢。但这么多年来，他从未见她呕吐的样子，或许，她在上车前已吐完了。一路上，断断续续总要停顿几次，每一次他都极其温柔，没有一点不耐烦的语气，有的只是关切的询问。有时他还会问她："我是不是开得太快了？"其实，很多时候，她明明知道他已经开得很慢了，但她仍会说："慢点，我难受。"外面的车在鸣喇叭，他开得实在太慢了。于是，干脆开启双跳灯，开得再慢些。他不知道，每次那样的时候，她的心里都甜蜜蜜的，她真的没醉。

有一晚，大雾天，他在高架上开错了道，自言了一句："开错了，不能及时送你到家了。"她在后面悠悠地说："汽油满吗？"他回："早上刚加满。"然后，她就笑了起来："哈哈哈，开吧，这样正好，总归会绕到家的。"他想，她真的醉了。

每一次喝酒前，她都会提前通知他，除非他在外地出差无法赶回来，否则决不推辞。

某年年底，她要参加一项重要活动，事关未来，那晚的酒必喝无疑。于是头天晚上她便给他发了个短信："明晚我在开元酒店有个项目推介会，你方便否？"他心领神会，马上回复："方便，你放开喝吧。"谁知，那晚一些重要人物还要参加下一场饭局，喝酒时间整整提前了一小时，晚上八点不到已结束。于是，她向他发去了提前结束的短信。他回复让她在酒店里休息一会儿，他要一小时后才能到达。他向来都是提前等候在酒店附近，这次要等一小时，肯定有因。于是，她又发短信："我今天喝得很少，自己打的走吧，也可以搭顺风车的。"短信刚发出去，他的电话马上追来了："别走，就在原地等我，很抱歉，今天我在省城，但现在在动车上，很快就到了。"原来，他在省城出差。她说："昨晚为什么不告诉我？你是算着时间来接我的？"电话那头没有接话，只轻轻地说了句："听话，等我，再一小时，如果喝得不多，看一会儿书吧。"他知道，她的包里随时带有一本书。是的，聪明如她，他是为了接她才满打满算急着赶回来的。

当他出现在酒店门口时，她已没有了醉意，但她凭酒劲把包递给他后，故意怔怔地盯了他半天，盯得他的脸发红，只能主动把她拉进车。这是他俩有生以来第一次肢体接触。

待他入座关上车门，她柔声说："下次不要急着赶回来，我不要你那么劳累。"他自顾开车，答："今晚的活动是你人生中的重要事件，我怎能缺席？"他的声音是带着笑容的，很轻又很重，很暖又很纯。她醉了，醉倒在他的笑容里，慢慢地躺下，毫无顾忌。

"没有一个女人愿意把自己的醉态随意放纵在一个没有亲密肢体接触的男性面前，而你却从不顾忌，把最真实的自己呈现在我面前，这是一份怎样的信任和默契，我怎能不珍惜，怎能不呵护？我又怎敢随意去侵犯这份神圣的感情？所以，无论你呈哪种状态，我都不会喜欢你。我心里永远只有三个女人：母亲，妻子，你！"

他在自己的日记里如此写道。

欣儿其人

该写写欣儿了。

欣儿,本姓沈,单名欣。父母都叫她欣儿,嫁给陈池村阿志后,大家依然叫她欣儿。

众所周知,欣儿是自由恋爱的,丈夫阿志却因赌博三次坐牢,在外人眼里欣儿是坚强无比的女人,无论阿志输赢多少铜钿,从未见他们夫妻吵架打骂,好像一直这么平静地过着夫唱妇随的日子。无论发生什么事,欣儿每天都会准时拎着一个菜篮子从村口出发去市场买菜。是啊,不管生活如何待你,人总得填饱肚子啊。

在阿志"三进宫"这段时间里,欣儿并没闲着,不过,她也从未去探视过牢里的男人。因为阿志第三次进去前,与欣儿办了离婚手续,欣儿没有义务再去看他。那些讨债的也好,追债的也罢,一切与她无关。她只一心一意地养育女儿。女儿正一天天长大,已是高一的女生了,无论吃和穿,再也不能随便糊弄着来,张开眼,伸手便要钱。欣儿本无学历和文凭,也无任何技能,原先跟着赌徒阿志也算是吃过香的喝过辣的,怎肯勤勤恳恳地劳作呢?离婚迫使她不断地在镇上那些私营企业打零工,那些收入远远满足不了当前的用度。

起先,第七幢0505的单身王老汉找到欣儿,请她买买菜,然后帮忙烧个菜,钟点工的价。王老汉早年与妻子离异,女儿跟了前妻,前妻嫁了人,女儿好像便不是他生的了,一直没有回来过,王老汉也没去看过女儿。听说欣儿烧的菜很好吃,于是,王老汉对门的严老汉也加入进来。严老汉在五年前死了妻子,儿子早就成家立业住在市区。平时,他孤单单的一个人,儿子或孙子偶尔来个电话,严老汉都会在王老汉那儿活跃半天。两个老汉的门互相敞开着,动静也大。平时,两个老汉经常在楼下棋牌室打麻将或一块儿酌点小酒,解解寂寞。

自从欣儿为他们打扫卫生,洗衣、买菜、烧饭,两个老汉的生活饮食规律起来,精神也越来越旺,生活似乎有了新的憧憬。小区里的村民说,两老汉肯定是得了什么甜头,也有人说是欣儿得了什么甜头,否则怎么甘心为两个六十多岁的老头子服务呢。

这不,国家刚开放二胎政策,阿志就出来了。而欣儿在阿志革新致富后的第一时间,主动进山钻进了阿志的被窝,就像当年她怀第一胎时,也是猛然出现在大家面前一样。这第二胎说来就来,还是个儿子。有人说阿志才出来,欣儿怎么就有了?又有人说,阿志在山里劳作时,晚上回过尚都首府。当然,这事儿只有欣儿知道。阿志心疼欣儿如宝,有了儿子后,欢天喜地,浪子回头金不换。

生完二胎,欣儿没空为俩老汉做钟点工了,可听说俩老汉在欣儿的儿子满月时分别送了大红包,还逗着孩子玩,让孩子管自己叫姥爷。有人在边上就偷偷地笑,王老汉见了就骂人:"笑什么笑,那就是我自家的外孙。"那人就回他:"什么外孙,是你的亲儿子吧?"王老汉居然一点不介意,哈哈大笑:"是我的儿子那更好了,我有这福气吗?"说完,大摇大摆地走了。严老汉装作什么也没听见,也笑了一阵。待欣儿重新出来抱回孩子时,严老汉特意亲了一口婴儿，也走了。

接下去发生的事情令人不可思议。王老汉独自外出买菜时，在回来的路上，明明走在台阶上，却被一辆货车给带走了唯一的一条老命。其族人从他家找到了遗嘱，原来，他在世时就写好了，明确表示存折和这套房子全留给沈欣。一个曾经的钟点工要占有一位单身汉老者的所有财产，那不明着向世人宣告些什么吗？王老汉十多年来从未出现的女儿来了，要求继承遗产。而欣儿本人拒绝接受这份遗产。有人说，欣儿傻，不要就给她儿子吧，这儿子肯定是王老汉生的，可村民们一个个上上下下，左左右右认真观察其子言行，都找不到王老汉的痕迹。有好事者去问阿志的意见，阿志说，遗产是留给欣儿的，不是留给我和孩子的，不关我们爷俩的事儿。

嘿嘿嘿。

角　色

"叮零零"。

儿子来电,儿媳妇有孕了。

第二天一早,她四点钟就起床了,到尚都首府十里外的关公庙去,求菩萨赐一个男婴。

两个月后,儿子带着儿媳妇回老家来。

儿子住省城,距离老家一百公里。

儿子把车开进院子,停下,便往菜市场跑。看到市场边上售溪鱼的父亲:"爸,这鱼今天别卖了,自己吃。"

父亲:"不行,有个买主已经交了钱,否则我早收摊了,可他一直没出来,得等着。"

儿子:"这鱼叫我妈煨汤吧,鲜着呢,小玲爱喝。"

父亲皱了皱眉:"可你妈昨晚并没说让小玲喝啊,这个主,我做不来。"

儿子:"小玲有了,我妈还不让喝一碗鱼汤?"

父亲瞪大眼:"真的? 那我要当爷爷了?"

儿子:"当然,我还能骗你? 我妈没告诉你?"

父亲:"没有。"

儿子:"那你回家去看看吧,小玲已经显肚了,四个月了。"

父亲:"儿子,你帮我看着摊,我到别家去买几条更大的鱼给小玲煨汤。"父亲笑着转身小跑着往市场里去了,那动作可比三十多岁的儿子还健、还快。

院子里,小玲在帮婆婆择菜。

婆婆在小区里搭了一个小棚,喂鸡。"咯咯嗒,咯咯嗒",一群鸡兴奋地叫着,几个蛋落在草窝里,只只走路昂首挺胸,似乎干了件世上所有动物都干不了的大事。

邻居包大妈进来:"孙大婶,今天你家下了几个鸡蛋啊?"小玲看到包大妈微微笑了一下,轻声地叫了声"大妈"。包大妈这才看到择菜的小玲,用农村人特有的亲热劲儿,大声地唤:"小玲在啊。"

这时,婆婆从鸡窝里伸出头来,示意包大妈快进屋。

小玲只听到背后一些窸窸窣窣的声音。一会儿,包大妈拎着一个袋子出来了,直接往外走,待走出时才贼头贼脑地回头对着她喊:"小玲,有空来大妈家坐坐哦。"小玲抬起头:"好的,大妈,您有空也多来坐坐。"

这时,外面传来丈夫和公公两个人的大嗓门,看来,他俩特高兴。

"石头,你去买菜啦?"包大妈的声音。

"是啊,大妈,您这是上哪儿呢?"丈夫的声音。

"刚从你家出来,小玲真是个好媳妇,一进婆家门就在择菜呢。"

"啊,怎么能让孕妇干家务呢,这个老婆子。"公公在答话,然后是脚步加快的声音。

"小玲有了?"包大妈好像拉住了石头问。

石头:"是的,大妈,你没看到她凸出的肚子?"

"啊,那,那,这些鸡蛋给小玲吃吧。"包大妈把手中的东西塞给了石头，石头刚想说什么，包大妈一溜烟地拐弯跑了。

石头抱着一大包鸡蛋进院子，迎面看到小玲莫名而忧伤的眼神，不禁问："怎么了?"小玲回过神来，说："没什么，你怀里是什么东西?""鸡蛋，包大妈听说你有了，让我把这些鸡蛋给你吃。"说时迟那时快，婆婆从屋里出来了，一包夺过儿子手中的鸡蛋，往外走："这包大婶，我家自己养着鸡呢，还要她送什么鸡蛋。"

那晚，婆婆家的桌上有两碗青菜，两碗花生，还有一个咸菜鱼汤。那条鱼真的挺大，所以，晚上婆婆只挑了上半部分做汤，下半尾放冰箱里了。吃饭时，石头问："妈，我刚才买来的几个大螃蟹和牛排呢?""啊，忘了，你妈老年痴呆症了。老头子，你快点再去煮。"老头子用惊讶的神情看着老伴。小玲说："妈，别做了，你们明天可以吃的。""你们买来的，当然给你们吃。"上半句还没说完，下半句立即接上，"也好，明天再烧给你们吃吧。"

待他们快吃完时，大姑子来了，她在边上的一家发电厂上班，这时才下班。看到弟弟和弟媳妇很开心："怎么，你们都在啊?"

婆婆说："我以为你今天晚上倒班呢，所以没告诉你石头要回来。"

"我昨天不是说了，晚上到家里来吃饭的嘛。"大姑子心直口快。

小玲对丈夫说："大姐，你来迟了，菜剩得不多了。石头，你把大螃蟹和牛排煮一下给大姐吃吧。"

"我来，我来。"婆婆眉开眼笑地站起来，扭着肥硕的腰到厨房间去烧菜了。

晚餐后，全家人坐在一起聊天，其乐融融，但谁也没有提及关于小玲怀孕一事,就像她的肚子原来就那么大似的。

第二天早起,小玲自怀孕以来每天早上都一杯牛奶,一个白煮蛋。可石头在冰箱里找了半天也没发现一个鸡蛋。便问:"妈,我家鸡下的蛋呢?"婆婆正在鸡窝,很快递过来一个还带着鸡体温的蛋,笑着说:"给,自家的孙子当然要吃最新鲜的。"儿子趁机说:"妈,等一会儿我们回去,你给备一些鸡蛋,外面的鸡蛋哪有自家土鸡下的好啊。""那是,可今天没有,这不,包大妈家有个亲戚刚生下孩子,那产妇的妈妈来说过无数次,我不好意思不给她,这也算是积德吧。当下,市面上正宗的鸡蛋根本没有。"老头子在外面洗脸听到了,走过来,轻声地对儿子说:"你妈是看中那几张红色的大钞,她的蛋卖二十五元呢。"儿子让父亲小声点,他怕小玲听到不舒服。

早餐后,儿子和儿媳妇回省城了,公公给他们装了一小袋鲜花生,还有三棵青菜。

刚出小区,遇到大姑子买菜回来,问:"妈妈家的鸡蛋拿了没有?"小玲笑笑未语,石头说:"包大妈家有产妇,人急用。下次玲子生产时,妈妈会送过来的。"大姑子似笑非笑地说:"那是,我家肖肖吃的鸡蛋,我也是出钱向妈买的。"

女儿还未走进院子就喊:"妈,妈。"

"在这儿呢。"母亲在屋后的田里劳作。

"肖肖的鸡蛋留了没?"女儿急着问。

"当然,缺了谁的也不会缺了你家的。"母亲用围裙擦擦手,进屋搬出一个小凳子,从橱柜顶上拿下一个塑料篮。女儿在下面接着,哈哈大笑:"妈,你真能藏,估计我爸也找不到吧?""当然。否则还不把这些土鸡蛋给了小玲。""爸是想给他的孙子吃啊。""什么孙子啊,天下哪个儿媳妇跟婆婆合得来的,你妈还没那么傻。我老了还期望小玲孝敬我？算了，大家客客气气便好。""可妈，这要是让我弟知道了，怎么想？""能想什么？我是她亲妈，再说了，你弟这么孝顺的孩子，会对我这个当妈的怎样？如果有一天你弟在你妈面前说一句重话，肯定是小玲背后在搞鬼！""那是，我弟怎么会对妈妈不敬呢。您说得有理。""当然。"母亲边说话边走向卧室，一会儿拿出一个存折递给女儿："这里有两万块钱，是上半年土地被征的钱，给肖肖上小学用。""妈，你真好。我婆婆要是有你的一半就好了。"女儿说着抱住了母亲。

"叫你老公向他父母要点钱来，凭什么不给，难道肖肖不是他们肖家的子孙吗？"母亲说到这儿声音更响了。女儿说："她奶奶说孩子入学给一万。可今天早上，她爷爷来电话说她奶奶高血压犯了，真要命。"

"又不是要你的命。"母亲边说着边干家务。

"这不，我老公一早就去医院了。"

"你别去，给我记住！你去服侍她一次，以后就全是你的事了。他们家不是还有一个儿媳妇吗，让她去好了。"

"可是妈，上次公公脚骨折开刀，我也没去，这次婆婆住院不算大事，去还是要去一趟的吧。还有他弟媳妇的父母肯定又会去医院探望我婆婆的，您要不要也表示一下？算给我一个面子？"

"好的！"母亲放下手中的活儿，去里屋拿出一包年糕、一盒蛋糕，还有几个苹果。年糕是过年前村里统一慰问六十岁以上老人的，后两件东西是儿子刚刚拿来的，母亲只取了其中小部分送亲家。

"妈，其实我很想当个孝顺的好媳妇，就是没有一个好婆婆，哎，所以想成为好媳妇特别特别的难。"女儿边接过母亲给的东西自言自语。

母亲接话:"不是人人有运当一名好媳妇,也不是人人有机会当一个好婆婆。"

不知为什么,外面树上的鸟儿突然揪心地叫了几声,边上里屋的鸡也"咯咯咯"地叫了几声。

女儿和母亲跑去看,以为鸡又下蛋了。看到一条狗在追,鸡在乱窜,却没有一个蛋。

小区门口的那条狗

我只是一条流浪狗。

五年前，尚河村拆迁，我也来到了尚都首府。这里首先要感谢尚都首府的每一位居民，他们都像原先尚河村的村民那样全盘接受了我，从来不曾驱赶我，让我仍然拥有家的感觉。

如今的地盘比原先村庄小了不少，但人口骤增，这让我见识了更多各色各样的人物。或许他们不认识我，但作为一只每天无所事事徘徊在小区门口的流浪狗，千余名居民我全都认识，而且能识别每个人身上不同的气息，不需要他们走近我，我就知道谁刚从单位下班回来，谁从菜市场归来，谁从麻将桌上下来，甚至谁刚刚从娴妇那儿来，也都逃不过我的鼻子。

成人大多数情况下对我这条流浪狗是不屑一顾的。他们家有多余的饭菜和骨头时会扔一些给我，没有的话就把我忘了。因为他们知道无论他们是否施舍于我，我都不会离开这个小区。所以，我经常过着饱一顿饿一顿的生活。还好，当真饿时，我总有办法去找那几个养宠物狗的家庭，他们的狗粮实在太充裕了，那些宠物狗经常挑三拣四，吃得极为精细。而我——一只流浪狗，精粮粗粮一概接受，吃饱后便自觉在小区内巡视三圈，以表达我对所有业主的感恩之心。

这里，特别要感谢两个小朋友，他们是姐弟俩，一个十二岁，一个九岁,平时住城里,只在周末时来此度假。无论我在小区哪个地方巡逻,只要他俩一进入小区,便会大声地呼喊我的小名:"狗狗,狗狗。"其实,我本来就没有名字,一条流浪狗也不适合有动人的名字,但我觉得这姐弟俩给我取此名实在太舒心了。那天,姐姐说:"我们总得给它取个名吧。"弟弟应:"叫什么好呢?小黄?小黑?"我的皮毛是黄中略带白的,也没有多少黑斑或其他色彩。最后,姐姐说:"小黄、小黑这类名字没特色,叫的人又太多。要不叫点点?可好像也有狗叫这名。"姐姐犹豫不决时,弟弟拍板了:"还是叫狗狗吧,它就是我们的小狗狗。"我虽然说不出人话来,但完全能听懂他们说的话,能明白他们的感情。这一声声亲昵的"狗狗",令我感觉自己是他们家的一员,我感动得差点流下狗泪。可是,他们没看到。从此,我与姐弟俩心心相印,无论他们在小区的哪个角落里唤我,我都会第一时间感应到,并及时奔向他们。他们从来都不是空手来的,有时带几块小排,有时是几块红烧肉,有时是一包鸡丁,有时是他们自己吃的饼干,形形色色,反正我都爱吃。而且他们带来的骨头绝不会仅仅是几块骨头,必定是带肉的,如果带了米饭,米饭中必定含着肉或汁。我一直在小区里吃百家饭,但唯有小姐弟俩带给我的食物永远是美味无比的。

她们的妈妈眼尖,某一天看到我隆起的肚子时说一句:"啊,狗狗要生小宝宝了。"这下,姐弟俩兴奋极了,围着我不停地给我好吃的,那天是我身为狗以来吃得最多的一天,实在吃不下了,弟弟还在劝:"狗狗,你再吃点,为了肚子里的小宝宝,一定要多吃点啊。"也从那天开始,他们来得更勤了,有时是周二晚上,有时是周四晚上。他们是缠着妈妈开车来的,就是为了多喂我几次。姐姐总是摸摸我的头,与我说几句亲昵的悄悄话,妈妈看到了,会大声地呵斥孩子。因为在妈妈的眼里我毕竟只是一条流浪狗嘛,怕我身上的细菌会传染给她的孩子。这当然也不是我愿意看到的,至于我身上到底有多少细菌,谁也不知道。小姐姐向妈妈提议说:"我们可以给狗狗洗个澡,让它变得干干净净,再也没有细菌。"当然,这只是孩子话。妈妈回:"它是条野狗,你敢保证去抱它时不抓你一下? 你还真当这狗是家人了?"姐姐嘟起嘴巴:"当然,狗狗就是我们家的一员!"小弟弟也跟着姐姐愤怒地叫:"妈妈,你好没有爱心! 你没看到每次回来狗狗都趴在我们家门口? 是不是它在帮我们看家呢? 你居然不把它当自己人!"的确,我真把这两个小孩儿当成了自己最亲的朋友,刚刚妈妈的话有点让我伤心,但姐弟俩的话又为我赢回了面子,我要一生一世忠诚于这两个富有爱心的孩子。只是他们不知道我内心的想法,我也无法表达自己的思想,只能用我的舌头舔舔他俩的裤角,表示我的真诚与友爱。两个孩子的爸爸看到了,马上拿起一把扫帚来打我,大声地骂:"脏狗,别碰我的孩子!"我当然知道,他是怕我的爪子不小心撕破孩子稚嫩的皮肤,但我怎么会忍心去伤害两个如此可爱的孩子呢?

　　初冬的某个夜晚,我生产了。小区门卫见不到我,便到处找寻我。他在两间店铺弄堂的夹缝中找到了我们,还拿米一个厚实的木箱子,垫上两块破旧的棉布,使刚出生的狗崽子一下子感受到了温暖,又给我喂了饱饱的一餐米饭。接下来,整个小区的大妈大嫂都来了,热闹非凡,她们一边指点着可爱的狗崽,一边带来了许多残羹冷炙,还在我面前放上了个搪瓷盆,那搪瓷盆有些年月了,写着"白龙乡皮塑渔具厂建厂十周年纪念·1990 年 1月"。有几个宠物狗也来抢吃我们的食物,可被他们的主人硬生生地给拉走了。

几天后,当姐弟俩出现在那窝小狗崽面前时,他们兴奋地想尖叫,但又瞬间安静下来,以最温柔的姿态蹲下来,摸摸我的头,我的身子,又摸摸五个小狗崽,眼睛里充满了无限的柔情和爱意。我和我的狗崽被他们视作了同类,令我感到一阵幸福的眩晕。很快,弟弟醒悟过来:"姐姐,狗狗和宝宝们在这里要被冻死的,我们必须马上给它找一个温暖的家。"一经提醒,姐姐的执行力完全超越弟弟,很快找来一条小棉被、几件小毛衣,铺了五只小狗的身下,不知道拿这些东西有没有经过他们妈妈的同意。后来从他们的对话中,我明白了,这些旧物是他们珍藏在家里做留念的,以备长大后看,现在贡献出来给我和宝宝们,差一点儿,我的狗泪又要飙出来了。

　　姐弟俩把还没睁开眼的五只小狗狗一一抱了出去,晒在和煦的阳光下,把整个狗屋移到了他们家一楼的楼道上,他们正好住一楼,这就意味着,只要他们一打开门就能看到我们。可妈妈很快就发现了:"你们如此大胆,敢把狗放在楼道里,知道上面的人家会怎么想吗?快给搬出去!"姐弟俩淡定地回答:"妈妈,你轻一点,小狗才出生不久,别吵着它们。""可那毕竟是一群野狗!"姐姐答:"妈妈,平时你教育我们要有教养,为什么自己却口口声声地叫着野狗、野狗?它们可是我和弟弟的宝贝。狗狗刚生完宝宝正需要我们的照顾,你就那么狠心让它们六个在那个弄堂里受风吹雨打吗?"妈妈被女儿呛得说不出话来,强悍的爸爸出来了:"马上给我清理掉!这狗身上万一有病呢,会传染给楼上楼下每一个人,万一有人碰了小狗都可能被大狗咬,刚生好狗崽的狗妈是最危险的,你的命重要还是狗的命重要?"听了爸爸的话,我的眼皮垂了下来,当然是人的命重要,毫无疑问。哎,谁叫我是一条流浪狗。

楼上邻居听到争吵声,都陆续地打开门来,大家都笑了,其中一位年迈的老奶奶对着他们说:"好吧,我答应了,让狗狗暂时住在楼梯间。"两个孩子像得到了圣旨般,一下子蹦了三丈高,欢呼:"谢谢奶奶。"

　　我是一条流浪狗,终于有了家。

　　感谢这个村庄,感谢尚都首府。

一张八仙桌的前世与今生

如今，我生活的地方叫尚都首府。

两百年前，我生活的地方叫四明山。

在我三百岁时，土匪张泰明娶压寨夫人时把我从森林里扛了回来，横平竖直地做成了一张四平八稳、纹路清晰、油光锃亮的大方桌，人称八仙桌。作为一张桌子，在那场大婚的前后，我承担了请佛、祭祖、拜堂等系列重大活动。

我在土匪窝待了整整六十余年，直到主人过世。土匪的儿子张小东带着金银细软及家属下了山，临出门时叫下人把我也背下来。从此，我见证了山外一百多年的风风雨雨。

张小东受母亲影响，从小酷爱读书，在山下新建了村庄，还造了个私塾，邀请四邻八乡的孩子都来张家私塾上学堂。我也有幸被请进了私塾。私塾的先生带领孩子趴在我身上描红、抄写诗词。日子不紧不慢地又过了二十余年，待张小东老时，我被隆重地搬出来放在灵堂前，上面摆放了一堆糕点、水果、馒头之类的祭品。这时，张小东的孙子张天一在大上海的学堂学习。他爷爷入殓那晚，我看见张天一的眼睛特别坚定，没有一丝悲伤，从他的神情中已看不到他祖上张泰明的一丝痕迹。张天一的脑子里装的已不是小家。果不其然，张天一后来去日本留学，回国参加了革命。他的家人曾忙着给他娶亲，张灯结彩的，一些地方要员及长辈们就坐在我身旁喝酒,边讨论着张家近百年恩泽一方的辉煌史,边希望张天一回来光宗耀祖,但张天一压根儿没再回来。

烽火战乱的岁月,世事难料,张天一牺牲了。

张家由此走向败落。

到新中国成立时,张家人都流散了,我作为一张八仙桌,已流落在隔壁邻居王阿波家。王家穷,我成了他家最昂贵的财产。"文化大革命"时,亏得我在穷人家,否则,早就被造反派当"四旧"给劈了当柴烧了。

轰轰烈烈的岁月过去后,我又被重新公开启用,各家各户又开始在逢年过节时进行隆重的祭祀活动,自然少不了要张八仙桌。这时,人们才发现,居然只有破旧的王家有一张历经百年的八仙桌。于是,我再一次风光起来,堪比当年张泰明娶妻时的排场。村庄内外,哪家哪户要结婚了,要送年神了,要供奉祖宗了,都来请我。

那时,王阿波也老了,他就拉着家里的小孩们围桌而坐,浅笑盈盈地说:"想不到,我王家也有被乡亲们尊重的时候,都是靠张家留下来的这张八仙桌啊。"

是啊,几年前,王家人天天在我边上过着粗茶淡饭、残羹冷炙的日子。

时间进入 20 世纪 90 年代,王家长孙王磊考入了浙江工业大学,王阿波老人说,王家祖上没积过什么德,是张家子孙张天一的阴德保佑了王家。

接录取通知书那晚,王阿波第一次严肃地叫来儿子和孙子,在我面前相对而坐,告诉他们,其实我承载过更重要的活动。那是新中国成立前夕,张天一和战友来到这个山脚下的村庄,隐藏在王家,他们是有组织的地下党,山里的游击行动计划都是他们制定和策划的,为了避免敌人的追捕,是这些英勇的革命战士把我从张家搬到了隐秘的王家,很长一段时间里,他们下山时就在王家深夜畅谈,许多重要的文件都在此写下。这些尘封在岁月里的东西,除了我和王阿波,已无人知晓。

王磊听了爷爷讲的故事,笑了,用手摸了摸我的肚子,我知道,他在我身上也就是桌子底下刻过字。那年他刚好七岁,在学校里上了鲁迅先生的《三味书屋》一文,回来便悄悄地在我的肚上刻了个"早"字。

如今,王阿波过世了,我被王磊收藏起来,放在他家崭新房子的阁楼上。深夜,我曾特意发出脆响,主人以为家里进贼了。其实,我是利用榫头收紧的机会,向主人提醒,我不要再寂静地待在不见阳光与人气的楼上了,我怀念四明山和原始的村庄。

古树下的日子

　　咱们村庄的历史,好像谁也没有去查证过。只是从过往的老人口中零零碎碎听说过一些关于村庄的种种,但那些都已随着村庄的消失而殆尽。

　　村庄拆了,连残墙断垣都不曾留下。眼前只有一片绿色的植被,看上去挺和谐的,但只有村民们知道,那根植不深,不到二寸便是宅基地,地下的那些钢筋水泥或许在几百年几千年后会再次被发现,作为一个不知名的历史遗迹呈现在后人的眼前。或许,村庄的消失是永恒的,再也没有被任何发掘的可能。

　　于是,我急于用文字来记录一些关于这个古老村庄的故事,以弥补缺憾,虽然我的文字并不一定精致,但肯定是最真诚的。

　　因为我生于这个村,长于这个村,村庄是属于孩子的,孩子也是属于村庄的,我也一样,属于我童年的村庄。如今,村庄没了,就像树没了根,人没了魂,那么,我生活的世界是不是从此缥缈起来?我用文字再次触摸孩童时的记忆,再次唤起藏在内心深处的家园,再次深深感受乡村的感情。

　　村庄没了,整个的没了,真的没了!

　　但村南口的桥下还有三座清朝时的古墓,村北口还有一棵几百年的古树。听说植古树的老人的重孙子是某某,当然,我也认识某某,但小时候的记忆中他们家不住这里,他们住在离我们村再北面一百米的另一个小村,叫小吴村。他与我们同族,也姓吴。听说我们的祖辈原先也住小吴村,或许两个村原来是连接在一起的,后来不知什么原因,中间的田地更多了些。小吴村在十多年前就化村为耕了。如今,两个古老的村庄终于殊途同归了。

每每看到村北的那棵古树时,我就会想起古树下的田野上曾经住过一个可怜女人,还带着一个可怜的小女孩。

她本有一个平淡而幸福的家,生育了一男一女。可她的男人在一次意外事故中过世了,男孩当时可能小学才毕业,小女孩还没到上学的年纪。而女人因为肝病,全身黄中带黑,精神极差,原本秀气的脸上写满了悲哀。于是,她嫁给我们村上的一位老光棍,而老光棍并没什么财产,仅在古树下租了一片田地,养了一群鸭子。我不知道当时养鸭有多少收入,但他们的日子好像过得并不滋润。那小女孩跟着母亲嫁进了光棍家,就经常出现在了古树下的田野边。她的脸像极了母亲,是个美人胚子,但个子特别瘦小。她应该比我小五六岁吧,当时,我好像小学还未毕业,但永远记得她的模样,一个幼儿该有的灵动与顽皮,在她的脸上全然没有,一双黑漆漆的大眼睛一片茫然。她也从不与我们村里的任何孩童说话,只是带着疑问般的眼神远远地站着看着我们,看一会儿,便去赶她后爹的那些鸭子了。也不见她干过别的什么事儿,好像一直都在鸭舍那边赶鸭子,有时边赶鸭还边端着一碗白米饭,偶尔见白饭顶上有点绿色的蔬菜。她的衣服基本上都是花的,不像小孩子的衣服,我怀疑是她妈妈的旧衣改的,而那时她妈妈连走路都已困难,走得非常缓慢,之前可以称为走,后来可以说是移、挪,但她妈妈依然会端着一大脸盆的衣服到我奶奶家门口的那个河埠头清洗,有时与奶奶打个招呼,有时就笑一笑,似乎连笑的力气也没了。她原本嫁在邻村,但与我们村仍同属一个生产大队,而她后嫁的那个男人是我们的同族,所以大家更是熟识的。在农村,村民心里对每家每户的事儿都跟明镜似的。我相信,大人们也是极为同情这个寡妇的,一个猛然间失去丈夫的患病女人,在农村,她若不再嫁,又怎能养活自己和幼小的女儿?听说她的儿子跟着奶奶和叔叔过了。那个儿子如今也有四十五岁朝上了,我想他每年的清明节应该会给母亲上坟的吧?

那女人究竟在古树下住了几年,我已记不清,她具体是啥时候走的,我更不知道,应该是我在外读中学的时候吧。总归是,当我回村不再见到那女人时,那小女孩自然也消失了。听村民说,小女孩上了几天小学,又回来了,具体谁在抚养也不清楚。死了爹妈的小女孩实在可怜,没东西吃,那哥哥也还在上初中,顾不了妹妹,妹妹每天饿啊饿啊,有一天跟着一个陌生人走了。而又某一天,村民看到她坐在村边的马路口,眼神呆滞,肚子却隆了起来,"那真是可怜样啊",告诉我这事的是一位长辈,她边说边连续地叹着气,听得我的心一阵阵地疼。这时,我再次想起她幼时在古树下落寞的神情,难道同样投胎于世,她的命真的就注定如此可悲吗?本是个美人胚的女孩,却从未见她真正开怀大笑过。或者,在她父亲在世时,她在襁褓中,她笑过吧。

在改写此文时,刚听说当年的女孩早已嫁人,嫁给了一名本分的农民,听说她的孩子比我们的孩子大许多,已读大学。这是我所衷心为她祈祷的,她可以过得很平淡,甚至可以嫁一个与她同样没有文化的丈夫,但应该健康地生活着,有自己所爱的丈夫和孩子。从此,她的眼神不再那么无助无神,日子有奔头有希望。

事实比我想象中来得更好,听说她所在的村十多年前就拆了,村民全部都被安置在了新城。当年的文盲小姑娘已然变成了城里人,这也是改革开放四十年来,农村变迁的一个大景象吧。

村口的那条路

2017 年国庆,我回老家做最后的道别。一星期后,再去时,已有一半的房屋被拆除了,原住民一个也没看到。可见,村民对村庄的感情似乎在搬出去的几年间都已耗尽了,对于村庄的最后消失早已麻木。

第二天,我再次去老家前,打电话给二姑,她说前几天回去过,都拆得不成样子了。我问:"你还去不?"她毫不犹豫地答:"去!"似乎姑侄俩是一起去看一位即将要走了的长辈,再看她最后一眼。

在村子的晒谷场中央,我们碰到了堂叔——三爷爷家的小儿子。二姑与堂叔站在一起,认真地盯着那些爬在屋顶上的工人拆除我们的家园,两人保持着十二分的默契,一动不动,一句话也没有。似乎那些人不是在拆除破旧的房屋,而是在寻找宝藏,祖传的某件宝贝可能一不小心就落入他们口袋,再也回不来了。

而我认为,关注正在被拆的房屋已不再重要,只想听听他们堂兄妹的想法。但他俩始终站着,久久不说一句话。不是没有共同语言,他们的关系向来不错,咱家人向来是团结的,而且当年堂叔娶的妻子还是二姑做的媒。

终于,堂叔艰难地抬了抬脚,说了句:"当年的晒谷场很大的,那边都是家家户户叠大草蓬的地方,现在看来小多了。"此话我本也想说的,但在长辈们面前,还是少开口。二姑说:"当时的晒谷场前面有两个池塘,左边还有我们家三间仓库,每年冬天都在那儿做年糕的……再过去是牛拴间……"

我以为他们堂姐弟会这样一直说下去,谁知两个人很快同时摇摇头,止语了。

是啊,整个村庄已面目全非,再说下去他们的心会更痛吧。

前几次,我回去给挨家挨户拍了照,还把三叔家的房屋发在微信群里,给远在美国的堂弟看。三叔家自建的豪华别墅在堂弟结婚时热闹了一下,便沉寂了,接下来就被征了。如今美籍小侄女都挺大了,不知小姑娘知道祖屋否?

看着一幢幢已被揭去楼顶的房屋,我不敢再拍,不敢再直视。这次,我只拍了二姑和堂叔。照片洗出来时:二姑很失落地站在杂乱的晒谷场中,低着头似乎在努力思索着什么;堂叔背着手,抬着头,依然盯着前方正在拆的老屋。二姑刚六十出头,堂叔也五十多了,他俩是土生土长的本村人,这个村庄留下了他们一生中永远无法抹灭的无数记忆。包括我,我也正在努力搜寻着童年的记忆。

那晒谷场,在小时候的我们看来,就如堂叔说的,是多么宽广。

每当冬天,在一个个暖融融的午后,小伙伴们会争先恐后地去晒谷场上的大草蓬堆里找一个属于自己的小窝,先到者当然占据最有利的位置,然后钻进那凹进去的草堆,躺下去,那个舒坦劲,不知道此生是否还会有。小伙伴们抢占草蓬当成自己的小家,一会儿从边上拾些瓦片或碎石头,分别当作餐具和点心;又捡来各类树叶、小草,当成鱼类和蔬菜,个个学着过起风生水起的小日子。有互相串门结亲的,有扮货郎小贩兜售小物件的,有扮演新郎新娘的,场上热闹非凡,再寒冷的冬天,都会因为这群小伙伴而变得生机勃勃。

春天来临时,小朋友们会结伴去油菜地里挖荠菜、剪马兰头、挑毛节节,每次从油菜地里出来时人人头上都顶满了碎碎的小黄花,"黄花闺女"煞是好看。我经常用舌头去舔一下小花儿。如今,带孩子们去大自然时,我依然会做这个动作。开始女儿不明缘由,问我为什么吃花儿,我让她也试试看。一试,孩子惊讶地叫起来:"妈妈,这里面是不是蜂蜜?"是啊,乡间大自然的每一朵花蕊中都有勤劳的小蜜蜂播撒的甜蜜。忙完采摘,小朋友们肯定会来到晒谷场前的两个池塘边,因为那儿已经有了许多黑乎乎的小蝌蚪,正游来游去,我们会用网兜抓上好多,然后养在家门口的水缸里,直待他们快变成小青蛙时再放归池塘。所以,关于小蝌蚪的成长过程,我们在上小学前早已搞清楚了。也是在这左右两个大小不等的池塘边,我经常自封老大,领导着一批小孩翘着屁股打弹珠,只赢不输。今天,有人说我有很强的控制欲,我突然想起,是不是与小时候打弹珠有关呢?

夏天的雨季来到时,整个晒谷场都会被河水浸没,似汪洋大海,小伙伴们经常手拉手一起去蹚水,稻草的腐烂味也会同时在水中弥漫。其实,我们蹚水的目的只有一个,就是想让小鱼儿碰到我们的小脚丫,那是一种非常有趣的生活体验。就如我们小孩子喜欢光着脚丫在水稻田里走,不怕蚂蟥咬。不会插秧一定要学着去插,把好好的秧苗搞死,让父母过段时间重新再去田间补种,再辛苦一次。

当晚稻成熟时,便入秋了。秋收的晒谷场是一年四季中人声最沸腾的季节,无论大人和小孩,都会集中在此,尤其是妇女。起先,是男女一同收割稻谷,割完稻谷后打稻谷是男人的事儿,一般女人是不参与的,或者实在这家男人有特殊情况不能打谷了,他的女人才上阵。当然,这时一般边上的兄弟或邻里男人都会上前助阵的。当我记事时,大锅饭的日子基本快结束了——分田到户了。这时,男人们打完谷,负责挑谷箩到晒谷场上,女人用湿毛衣围在头上,戴上一顶草帽,开始扬谷,半大的小孩子这时都会帮助自己的母亲一起扬谷,更小的孩子一般都去田里捡稻穗,多少能捡一捆回来,算是给家里增加一点收成了。父母都会为此表扬捡得最多的孩子。

晒谷场上,最怕的是一阵阵的热雷雨。东边还在扬,西边就下起了滂沱大雨,让人们防不胜防。有些时候,下午父母还在田间劳作,孩子们管着晒谷场,一下子下起了阵雨,父母神速地赶回来,一群小屁孩用尽吃奶的力气也收了好几箩的谷,细心的小姑娘们往往将篾席盖在箩筐上,使热气腾腾的谷免受雷雨的猛浇。热雷雨浇透了我们的头发和衣襟,身上已分不清汗水还是雨水,仍鼓着十二分的干劲继续收谷。母亲赶来时总让我们歇一歇,怕小小年纪的我们透支太多的力气。

在某年的秋天,村庄里发生过一件大事。什么大事?丢了一头牛!在农村里,有比丢了一头劳作的牛更大的事吗?没有,更重要的是,这只母牛还怀着一只牛崽子。

村民们都说,那些狗干吗去了,为什么就不知道牛被盗了呢?难道它们在某个时刻集体失语了?按理说只要陌生人靠近村庄,只要有不熟悉的脚步声或气味临近村庄,离村头或村尾最近的那户人家的狗肯定会在第一时间猛叫,那么全村的狗都会此起彼伏地跟着叫,谁还敢有这么大的胆把牛给偷了?做村主任的堂叔急了,嘴上都起了泡,听婶子说几天没合眼了。村民们都急了,似乎都为了这头牛不想干活了。没有了这头牛,就像一户人家失去了主心骨,谁还有干活的劲? 连老妇人都在念阿弥陀佛,希望县公安局早日破案,还我母牛来。那时,人们从来都是很放心地把牛啊、羊啊、鸡啊、鸭啊,随意地放在田野畈墩里,放在村庄的每一个角落里,任它们随风长大。可今天,居然有人偷了我们村庄最重要的劳力——那头母牛! 失母牛的那几天,村庄的空气都不流动了,我们小屁孩也不敢随便大声地叫喊了,都默默地在生产队仓库边上的弄堂里找个阴凉处,玩起了泥炮仗。

牛拴间里只有一头公牛在"哞哞"地叫,有小伙伴跑过去问它:"你为什么没看好母牛啊?"它似乎听懂了什么,又"哞哞"地回答我们。

入冬了,母牛还是没有消息。像奶奶这样的一些老人都说,这头母牛早该生产了,不知生的是公崽还是母崽。

当一场纷纷扬扬的雪落下来时,那头公牛轰然倒地了。

多少年后,我才知道,我们要找的牛,再也找不回来了。就像如今被拆除的村庄,永远也找不回来了。

以后的每个早晨,太阳出来时,无论猛烈与否,都只是照在这片空荡荡的绿地上,照在那片曾经的村庄上。村庄不在了,阳光就照在这片土地上了,还有照在那半截路上。

在距离尚都首府不到一公里处的绿色田野间有一条白晃晃的路,只能说是半截路,约六七百米。以前每年过年时,父亲和叔叔都会认真地清扫这条道路。

父亲说那是一条不会走坏的路,却这样被遗弃了。

我不知道那半截路还能在原来的村口留多久?

后记 我的祖先·我的村庄

　　每次经过已变成绿地的村庄时,我都会想起最亲爱的奶奶,这位无比仁慈又善良的老人。

　　一晃眼,奶奶离我们而去整整十六年了,可我总会在某个不经意间想起她,想起她老人家最后几年的病痛、坚强、孤独、挣扎。奶奶平生第一次进医院居然是因老年时发生的重大恶疾。记得在她还未查出病患的某个周末,四叔笑着对我说:"毛,你阿娘这胃啊,不得了,百毒不侵,什么样的东西都撑得住。什么臭的、馊的、霉的、过期的,你阿娘都一股脑儿吞到肚子里去了。"四叔用"吞"字很精准。好多年前,奶奶的牙齿全掉光了,那时儿女们的家境早已大为改善,曾多次建议她去装一副假牙,但顽固的奶奶就是不肯去,我们都认为她是一辈子节俭惯了。谁知,就在四叔讲出这句话不久,奶奶的胃病全面发作。其实,奶奶的病早就发作过,只是她不曾说出来,于是,亲人都不知道。而我则想,要是四叔不曾与我说这句话,说不定奶奶还能多活好些年呢。至今,看着别人的奶奶活到九十岁、一百岁,我心里总想,要是我的奶奶依然健在该多好,哪怕她思维不清了,在,就好!

　　奶奶在那年的元旦前就感觉身体不适,为什么不说出来?因为长孙,也即我的堂哥要在元旦大婚。奶奶隐瞒了病情,应该是隐瞒了很长的一段时间。在堂哥的酒席上亲人发现奶奶吃得很少，而且吃后就吐。我至今记得奶奶吐酸水、吐黄疸水时的表情，她那黄色的大圆脸上本不深的纹路显得特别的歪曲，而奶奶平时那张慈善的脸，显得万般的憔悴，了无生气。我甚至依然记得她在吐完之后痛苦的眼神，她看着我们，说不出一个字，摆一下手，示意我们都回去吧，她还能行。实则，她早就不行了。

那时我在城关上班，已经结婚。在奶奶住院期间，我经常是晚饭后过去的。农村是讲究早晨看病人的，但因为白天大家都忙于工作，基本都是晚饭后分批且又集中地聚集在奶奶的病榻前。或许，这是孙辈成人后与奶奶相处最密切的一段时光，大约一个月左右。人生的长河中，奶奶为大家付出了那么多年，而我们真正关心她的可能只有这几天。奶奶出院后记忆力明显下降，医生说可能是麻醉的后遗症。更重要的是她出院后不允许儿女为其请保姆，且拒绝陪护。多少个夜晚我们看不见、听不见奶奶的呼唤和呻吟？她给过我们无数的温暖，而自己却在那个手术后，孤独地过冬。应该是在次年，奶奶实在不行了，终于答应儿女们轮流看护。

我姐是医护人员，在奶奶生命的最后阶段，她为奶奶尽孝的时间是孙辈中最多的。奶奶临走前一周，恰巧我姐要出差，于是她又给奶奶增加了营养针和杜冷丁，奶奶答应姐姐在她出差时不走。可姐姐刚出门，第二天，奶奶就进入了昏迷状态，三叔从上海赶来了，六叔从岗位上直奔奶奶跟前，更多亲人从城关急急赶回老家，堂哥拉着奶奶的手哭泣着，叫奶奶别走，说自己太忙，这周没回来看过奶奶。所有的亲人齐齐跪在屋里屋外，但奶奶迟迟不走，全家人守了一夜。第二天清晨奶奶醒过来，对我说："毛，阿娘看见你阿爷了。人啊，还是活着好。"我的眼泪"刷"一下流了下来。奶奶啊，当然是活着好啊。信佛一辈子的奶奶相信人死了有新的轮回,她在世上做了一世好人,下世应该会有好报。可是,谁又知道下世在哪儿呢?哪个人死后真的又复活了?或许,我奶奶就这样复活了一次,来告诉我,人,还是活着好。要我们都好好地活着。

一周后,姐姐出差回来了,这次,奶奶真的走了。

当两米多长的出殡队伍走出村庄之时,我再次泪流满面,因为我知道,这是奶奶最后一次走在她走了六十多年的村庄之路上。而十多年之前,我们的村庄是个被邻村称为老鹰不生蛋的地方,每次雨后村庄的泥泞小路都令人无处落脚。在夏天的雨季,整段的小路会被两旁的河水淹没,使我们这些上学的孩子不得不彼此手拉手,由大人小孩一起组成一个临时的队伍,移挪着进出村子。而在这样恶劣的天气,奶奶早早地就站在村口遥望着,直到父辈领着我们进了家门,她心中的那块石头才会落地。

记忆中的雨天,奶奶也不出门。她会为我们做炒米粉,就是家里的早稻米直接在烧热的锅上炒,炒得焦黄、香气四溢时,再盛出来,待冷却后,在小石磨上将炒米磨成黄色的米粉。我奶奶是左撇子,她总用左手一边摇着那个小石磨,一边拿着一小勺的炒米放入石磨上方的那个小口子,几圈摇下来,石磨边沿上的米粉已慢慢渗出来,香气更浓郁了,我们堂兄妹几个会争抢着舔第一口。在放入嘴巴之前,在米粉上放一点点黄糖,那个味啊……无穷无尽的家乡情,却再也无从找寻。

有时,奶奶会给我们做油扁饼、咸菜汤粿、毛节节饼、酱板蛋花圆子、番薯糕头等。奶奶很勤劳,但当我长大时,却嫌弃老了的她做的食物不够干净。周末回家时,奶奶会拿出一个差不多发干的橘子给我,我知道这是奶奶从寺院或自家的菩萨前拿来的,或者说,不是因为供奉多时,是她故意等着我回家时再拿出

来,然而我经常拒绝她给的食物。不为什么,好像因为受奶奶的
宠爱,完全可以理直气壮地拒绝。这是多么不成熟的表现,世上
无后悔药,当时哪怕心里真不想吃,也不该拒绝奶奶的那份沉沉
的心意和牵挂。

　　送奶奶走完整个村庄的最后一程时,天阴沉沉的,却没下
雨,直到棺木到了灵车上才下起了雨。

　　几个小时后,当我们捧着奶奶的骨灰再次踏上村庄那条路
时,雨,又停了!

　　从此,奶奶再也不会回到这条只属于我们村庄的路。

　　不久,九龙大道开建,村庄的路也因此被割裂。虽然交通便
利了许多,可在个人感情上,我宁愿没有九龙大道,还我村庄的
路来!那条路是我父亲于 20 世纪 80 年代至 90 年代先后出资
两次捐建而成的。第一次从泥路变成石子路,记得在铺满小石
子的路上,我学会了骑自行车上学。有位小伙伴不小心被石子
路梗了一下,膝盖摔得血淋淋。后来石子路再次升级,成为水泥
路,这样,又方便了许多。那时我家有了小汽车,接着三叔家也
购了别克君威。记得三叔开着新车从上海回来看望病中的奶
奶,在过村庄的小桥时,因驾驶水平的缘故,崭新的车身被刮得
惨不忍睹,但他依然爽朗地笑着:"车,本来就是为人服务的嘛。"

　　三叔的相貌最像爷爷。这使我再次想起爷爷。在我念小学
四年级时,病中的爷爷经常拄着一根拐杖,站在村口道路的尽
头,不停地张望着……

　　如今,祖辈已去,村庄已拆,只剩下村口白晃晃的半条水泥
路,还有那棵古树……

　　在村庄被整体拆除前,父亲曾带着我们去整理老屋,其实在
我们姐妹跟随之前,父辈都已把东西搬空了。但父亲依然从楼

上到楼下,从后院到前院,把每个房间打扫得干干净净,每个角落修理得整整齐齐。包括后院一些绿化植物已被混长的杂草淹没,父亲仍对其进行了特别的修剪。很多人可能认为父亲在做无用功,难以理解他把一些该扔的东西再次捡拾到新宅来的行为。其实,父亲完全继承了祖辈的品行,是个特别重情重义的人,他生于斯,长于斯将近七十年,他是在用打扫清理这种仪式向自己生活过、奋斗过的老家和村庄告别。

2018 年 11 月 6 日定稿

2018 年 11 月 22 日修稿

于九龙湖娘家

图书在版编目(CIP)数据

小高层村庄 / 吴鲁言著. — 杭州：浙江工商大学
出版社，2019.6

ISBN 978-7-5178-3240-9

Ⅰ．①小… Ⅱ．①吴… Ⅲ．①短篇小说－小说集－中
国－当代 Ⅳ．①I247.7

中国版本图书馆 CIP 数据核字(2019)第 093427 号

小高层村庄
XIAOGAOCENG CUNZHUANG

吴鲁言 著

责任编辑	沈明珠　张晶晶
封面设计	林朦朦
责任印制	包建辉
出版发行	浙江工商大学出版社
	(杭州市教工路 198 号　邮政编码 310012)
	(E-mail：zjgsupress@163.com)
	(网址：http://www.zjgsupress.com)
	电话：0571-88904980，88831806(传真)
排　　版	杭州朝曦图文设计有限公司
印　　刷	杭州宏雅印刷有限公司
开　　本	880mm×1230mm　1/32
印　　张	7.625
字　　数	170 千
版 印 次	2019 年 6 月第 1 版　2019 年 6 月第 1 次印刷
书　　号	ISBN 978-7-5178-3240-9
定　　价	35.00 元